休闲纪事

牟文军 著

中国海洋大学出版社
·青岛·

序

文／王志民

年文军同志在退休几年后，就写出了二十余万字的《休闲纪事》一书，退而有为，精神可嘉，首先向他表示祝贺！在即将付梓之际，他请我写序，我感到盛情难却，遂将看后余感，略陈如下，以飨读者。

文军同志是个有着丰富人生阅历的人，曾先在部队从戎报国，后到地方在党政机关、国有企业多岗位工作。在职期间，他不负重托，勤奋努力，忠于职守，竭诚尽责，圆满完成了所承担的各项任务，获得了组织的信任和重用。退休后，他则将休闲时光安排得丰富多彩，光鲜亮丽；不仅重拾文学、摄影爱好，而且张弛有道，精心安排旅游计划，或自驾，或乘高铁，尽情游历祖国大美河山，写下了这本游记式的散文，给自己的退休生活，增添了绚丽的光彩。人生之路走进了第二个春天。明代人写的《菜根谭》上有言："天地有万古，此身不再得；人生只百年，此日最易过。幸生其间者，不可不知有生之乐，亦不可不怀虚生之忧。"文军同志在职工作时，积极进取，事业有成，年华未曾虚度；退休后，兴趣广泛，生活多彩，尽享人生之乐，生活颇有品位，闲情雅趣盎然，值得学习。

看他的文集，主要特点有三：一是游历广泛。八方盛景，尽收一书：游江南美色，览塞外风光；观巴蜀胜景，赏海岛草房；时间虽不长，足迹却辽远，让人印象深刻。二是情趣盎然。文章写出了对生活的热爱，对祖国的深情，对人生的感悟，对美好的向往；既写景，又抒情，读其文如见其人。三是图文并茂。作者每写一文，都配有摄影作品，有利于图文互参，让人如经其事，如临其境，增强了著作的可读性和感染力。略谈以上感言，聊以为序。

（作者：山东省政协原副主席，山东师范大学特聘资深教授、博士生导师，2022 年 7 月 28 日写于青岛八大关寓所）

目录

中州见闻

《郑州宣言》墙

　　河南省简称豫，古称"中州"，意处华夏中心位置，是中华文明主要发源地之一。在前往郑州的列车上，不禁想起 1979 年 3 月第一次到郑州的情景，那是当兵探家归队回广州途经郑州。耸立在郑州站南面的"二七罢工纪念塔"，是当年的标志性建筑。河南分公司成立后，来过几次，都是忙完工作，匆匆离去。这次既然来了，还是多看几个地方。

　　所住酒店在郑州国际会展中心东侧。次日天刚蒙蒙亮便来到如意湖景区散步。这里规划建设得很现代，"大玉米"高高屹立在湖的南岸，两侧分别是郑州国际会展中心和艺术中心。树林草坪间，有多种艺术造型及其说明牌。湖水清静，小型游艇排列整齐。此时东方已经大亮了，花草上露珠依然晶莹，空气中弥漫着水雾的潮润和青草的芳香，沁人心脾。据说，如意湖夜晚景色更美，是市民休闲娱乐的好地方。

　　少林寺位于登封市嵩山山腰的少室山茂密丛林，故名"少林寺"。少林寺始建于北魏。"十三棍僧救唐王"故事盛传后，少林功夫名扬天下，也有"天下功夫出少林"之说。进入景区通道，迎面看到的是一个崭新雄

少林寺

伟的青石牌坊，上面"嵩山少林"四个大字非常醒目。前行不远，便是第二道"天下第一名刹"的牌坊。这个牌坊不仅小，而且比较陈旧，建造年代应该更久远。少林武术学校规模大、学生多，众多孩子一起习武，动作整齐划一，虎虎生风，很有气势，场面非常壮观。行走间，一条溪流并入路旁，此河叫"少溪河"，是电影《少林寺》和尚打水的地方。

少林寺山门不大，位置挺高，绿瓦红墙，檐角微翘，两个圆形窗子和入门的高石台阶，是少林寺独有的标志。寺前广场比想象的要大出许多。我与其他游客一样拍照留念，模仿"金鸡独立"动作做了亮相。因疫情影响，寺庙不能入内，游览塔林之后便沿少溪河折返，途中观看了十方禅院和古城墙等园区景点。"长歌游宝地，徙倚对珠林。""归路烟霞晚，山蝉处处吟。"

十三朝古都洛阳，位于郑州西100多公里处，是古丝绸之路的起点。白马寺，是佛教传入中国后兴建的第一座官办寺院，号称"中国第一古刹"。

白马寺山门由一高两低三进门组成，灰瓦红墙与山墙连成一体，两匹

白马寺

白色石马，站立广场左右。据说，我国称白马寺的寺庙很多，洛阳的最为著名。庙宇布局与其他寺庙相同，首座天王殿前面分别是鼓楼和钟楼，后面依次为大佛殿、大雄宝殿、接引殿等，殿内供奉的佛像、菩萨、罗汉造型美观，神态各异。主要殿堂供奉的尊像，纹理细腻，色彩艳丽，珠光宝气，高贵华丽。正是"中州原善土，白马驮经来。野鹤闻初磬，明霞照古台"。

白马寺西院，是一片金顶白墙、典型东南亚风格的建筑。其中，最为华丽气派的有印度风格佛殿、泰国佛殿苑、缅甸风格佛塔等。据说，这些建筑是佛教盛传国家与白马寺加强佛法交流的产物。因疫情殿堂关闭，只游览了外围。

白马寺东有"狄梁公墓"。唐代被封为梁国公的有房玄龄、薛怀义、狄仁杰等。有薛怀义被武则天"以辇车载尸送白马寺"的记载；亦有一说："因薛怀义与狄仁杰有同一封号，故宋人范致虚（龙图阁学士）误以为狄仁杰墓而建祠、刻石、表墓。"公墓究竟是"神探"狄仁杰，还是"圣宠"薛怀义？学术界仍有争议。

坐落在洛阳城南伊河东西两岸的龙门石窟，始凿于北魏，盛于唐，终于清，建造时间长达 1400 余年，是世界上建造时间最长的石窟，主体在

龙门石窟

西山。石窟佛像因风化、盗窃、损毁，几乎都有残缺，只有几个洞顶雕刻的莲花还算完好。顺伊河游览，著名的有宾阳洞三窟：中洞正壁刻主像为释迦牟尼；北洞的阿弥陀佛为"剪刀手"佛像，象征胜利的佛教手印极为罕见；南洞的阿弥陀佛面容慈善，体态丰腴。三洞佛像均由众菩萨陪伴左右。万佛洞南北石壁上刻满了佛像，小的有一寸，更小的如指甲大小，据说一万多尊。正壁菩萨端坐在莲花座上；最大石窟奉先寺，正中卢舍那佛像是龙门石窟最大的佛像，脸面圆润，双耳下垂，眉清目秀，神态安详，集中体现了唐代审美的艺术特征。惠简洞、古阳洞、药方洞也是石窟中的艺术珍品。伊河东岸的神会、香山寺、观澜亭等不仅各有特色，而且是观看石窟全貌的极好位置。

另外，我还登上东山琵琶峰，游览白园，欣赏了白诗碑刻和诗意壁画；来到一家百年老店，品尝洛阳水席；观看豫剧演出，欣赏《花木兰替父从军》等曲目。

从洛阳驱车向北40多公里，来到济源黄河小浪底风景区。我们是从中州国际饭店侧门进入观看平台的。国家"八五"重点工程——小浪底水利枢纽工程是黄河干流上的一座集减淤、防洪、调水、发电等为一体的水利工程。整个区域规模浩大，一望无际，瓮口调水的现场更是气势磅礴，观众观看时欢呼雀跃，不由自主地为国家这一大型综合工程而点赞！

林县红旗渠被誉为"人间奇迹""人造天河""生命渠"和"幸福渠"。"引漳入林"是 1960 年林县县委的决定。老书记杨贵亲自带头，举全县之力，10 多万人苦干 10 年，以牺牲 81 人的惨重代价，完成了这项惊天地、泣鬼神的工程。我们主要参观了红旗渠纪念馆和青年洞。红旗渠纪念馆讲述了艰苦奋斗史，青年洞是丰碑，是教材。"自力更生、艰苦奋斗、团结协作、无私奉献"是红旗渠精神的高度凝练。

安阳殷墟宫殿宗庙遗址，是河南游览的最后一站。殷墟是中国商朝后期都城遗址。20 世纪初，殷墟因发掘甲骨文而闻名于世。遗址以甲骨文发现地石碑、殷墟博物院、殷墟妇好墓、后母戊鼎和北组宗庙祭祀坑为参观内容。殷墟博物馆展示了大量出土的以甲骨文、青铜器为代表的文化遗存，反映了商代晚期辉煌灿烂的青铜文明。殷墟妇好墓很小，上、下两层，展示了出土的反映当时社会文明程度的物件。殷墟于 2006 年 7 月被联合国教科文组织列入世界文化遗产名录。

回顾中州大地一周的所见所闻，参观如意湖、小浪底两大工程：如意湖的整体规划带动了省会城市的现代化建设；小浪底推动了黄河中下游的经济社会发展。游览白马寺、少林寺两个寺庙，一文一武：白马寺是世界著名伽蓝，促进了国际间佛教交流；少林寺传承了中华武术。观看龙门石窟、红旗渠两大惊人奇迹：龙门石窟展示了我国石刻艺术的辉煌成就；红旗渠颂扬了人民群众战天斗地的英雄气概。殷墟的发掘，进一步证实了它是考古学和甲骨文的都城遗址。中州大地有记载的黄河决口 500 多次，5 次大改道。可以说，黄河河床提高的过程，就是埋没许多朝代的过程。随着考古发现、保护

红旗渠青年洞

殷墟宫殿宗庙遗址

和科研水平的提高，我国将会有更多稀世珍宝呈现在世人面前。中州文化博大精深，中华文明灿烂辉煌！

2020 年 6 月 23 日写于郑州如意湖畔

唐岛湾与中国院子

黄岛海滨远眺

　　唐岛湾是从青岛胶州湾口的凤凰岛径直向南、伸向海中细长狭窄的一个"内海湾"，因山东半岛南端鱼鸣嘴与西面黄岛陆地炮台嘴间的弹丸小岛——唐岛而得名。

　　唐岛湾处于保护中的基础开发状态。东侧面向黄海的岛礁，除银沙滩一段建造了温德姆至尊酒店和几栋别墅外，基本保持了海岛原始生态风貌；西侧主要由唐岛湾国家湿地公园、南岸公园、中国院子和漫长的观景平台组成。刘家岛附近有两个小村庄，住户不多，没有商业经营。海滨的沙滩、树林、湿地以及红色醒目的塑胶跑道、供游客休息的廊亭、书屋是岛上的主要景观。在东侧银沙滩，游客可尽情享受阳光的沐浴、海风的吹拂；游客可在西侧观赏黄岛开发建设的新貌。你想动，能涉水赶海，可欢呼雀跃，可运动健身；想静，或书屋阅览，或廊亭喝茶，随心所欲，悠闲

中国院子——南方院子

自得。

　　中国院子坐落在唐岛湾国家湿地公园的核心位置，是大众报业集团投资兴建的文化产业项目。该项目采集明清时代各地民居材料，按照南方和北方的建筑特点，分别构建了"南方院子"和"北方院子"两个区域。"南方院子"以徽派建筑为主；"北方院子"以晋派建筑为主。两个院子相距大约三公里。湿地公园汇集中华建筑之精粹，营造了园林诗意栖居处砖瓦草木皆画意的效果，彰显了规划建设者风情雅致的艺术匠心。

　　由东北门进入"南方院子"，第一栋宅子名为"瑞气高凝"，是典型的徽派建筑风格。该建筑以木构架为主，砖、石、土堆砌护墙，在正中堂屋前的采光井，不仅用以四周房屋的采光，而且收集雨水，寓意招财进宝，"肥水不流外人田"；室内雕梁画栋装饰华丽，房顶和檐口最为精美。西邻的宅子名为"梅花深处"，结构大致同前，只是以唱戏行头的装饰为主，展出了多样的南方戏剧用品。"研田勤耕""北轩静守"两处宅子不大，结构简单但不失精致，从牌匾推测，应该是普通百姓和文人墨客的居室。再向西的"积善余庆"，应该是"南方院子"的主要建筑了，该建筑是一栋灰瓦白墙的二层楼房，占地足有一亩。灰色砖瓦砌成的门楼，由三层石阶

中国院子——北方院子

抬起，显得端庄大气，砖雕石雕镂空精致，造型美观。"积善余庆"的正面是一个水池，观景台、观景亭、小拱桥、长廊、休息亭环绕四周，符合枕山、环水、面屏、听海的风水布局。"青砖小瓦马头墙，回廊挂落花格窗。"此处恰好为"南方院子"中心，亭台楼阁、水榭长廊汇为一体，是整个院子的精华所在。

"北方院子"前面有个挺大的湖面，进入景区先过桥，桥边的观景亭很漂亮，类似古代官府衙门的建筑，黑顶红柱，绘画精美。"北方院子"白色的影壁墙高大，应该是按照整个院子比例建造的，建筑风格以晋派为主，民居与徽派有异曲同工之妙，同样的高墙深院、白墙灰瓦。"北方院子"里面又分了若干四合院，各院的布局有天壤之别，有的像普通民居，有的以亭台楼阁和园林景致建设。晋派民居是泛称，体现了陕西、甘肃、宁夏、青海地区的部分建筑风格。

通过过云房进入景区游览，与之衔接的树德斋，是一个古香古色的楼阁。游客在楼下可欣赏园林景色，在楼上可观看院子全貌。10 号院落，似乔家大院尊贵，却缺少乔家大院的气势，斗拱飞檐，彩饰精装。对过的8 号院落，广场如北方古镇的场院，一派大户人家的恢宏气势。纵观院内各四合院，有大有小，有高有低，砖瓦契合，错落有致，尽显北方商贾的稳重大气。"北方院子"的梦墨堂、静守阁、宝晋斋、怀鹿堂等建筑浓墨

唐岛湾景区——凉亭

重彩，形态不凡，与"南方院子"的婉约秀丽，都是中国文明的宝贵遗产，使人流连其中的同时也感受到历史的厚重。

"同来望月人何在？风景依稀似去年。"唐岛湾最吸引人的景致，在于它所展现的滩涂风情。无论是在与中国院子交相辉映的湿地湖泊木栈道上散步，还是在简陋的草木亭上小憩，都是令人舒心惬意的。这种舒心宁静、雅致，足以让人陶醉……

2021 年 10 月 23 日写于青岛蓝岸

再游杭州

杭州大华饭店

　　"上有天堂，下有苏杭"，杭州以其景色秀丽，享有盛誉。杭州，简称"杭"，古称临安、钱塘，曾是吴越国和南宋的都城。自 20 世纪 90 年代起，来杭州已记不得多少次了。只记得：久住时，任务特殊，身不由己；暂住时，工作忙完，匆匆离去。"江南忆，最忆是杭州。山寺月中寻桂子，郡亭枕上看潮头。何日更重游！"如今退休了，时间富余，精力挺好，深度游览，是情理之中的。

　　从青岛到达萧山机场已近黄昏，前往老城区途中华灯初上。来到下榻的饭店时，夜幕笼罩下的杭州大华饭店已是火树银花。是大华吗？我将眼前的场景与脑海中的杭州大华饭店反复做着对比，杭州大华饭店的大体轮廓还在，夜景下竟然出落得更加靓丽了：典雅依然，温馨、浪漫、有韵味应该是这些年改造的效果。中楼大堂犹如白昼，南国古典建筑配合欧式精

西湖涌金桥

鼓楼一角

致装饰，更显富贵华丽。

第二天，天刚微微亮，径直来到明良楼前。由于工作关系，我于1994年和1997年分别在此居住了长达半年之久，每天早上或向北去六公园或向南到柳浪闻莺散步。明良楼前石子铺就的台面和小院的矮墙还是原来的样子。楼阁飞檐翘角还是那么张扬，只是楼体和内部已焕然一新了。南邻的水云阁装修可能晚一些，显得新颖和大气，北楼前边的水杉和水云阁前的柚子树，长得粗壮、高大了很多。整个院子规划建设得更加合理，也更为通透和美观。改变最大的是，在西湖离杭州大华饭店岸边十几米处的水中修筑了一条九曲十八弯的青石板步行通道，取名为"俶影桥"。从杭州大华饭店观光台南行，依次是拱桥、湖边广场、问水亭、外婆家、涌金桥、金牛出水等充满诗情画意的特色景点。"水光潋滟晴方好，山色空蒙雨亦奇。欲把西湖比西子，淡妆浓抹总相宜。"观赏西湖风景，体验杭州风情，此路不可不走。这里没有平日白堤、苏堤游人如织的喧闹，却多了远距离观赏保俶塔、湖心亭、西山倒影、三潭印月、雷峰夕照的直观，也能切身感受到杭州特有的曲径通幽、诗情画意的江南韵味。

游览南宋御街是步行前往的。出杭州大华饭店向东南行走十几分钟，跨过西湖大道过街天桥，便进入了这条街。眼前有一座清真寺，因建筑布局形似凤凰，也叫"凤凰寺"，是伊斯兰节庆活动的主要场所。南宋御街是南宋都城的一条主要街道，清水伴流的古街溪流纵横交错，小河道宽窄有度，与街区的水景池串联起来。"泉眼无声惜细流，树阴照水爱晴柔。"南宋御街与清河坊街已自然连为一体，是杭州人气最旺的商业餐饮区域。

　　如果说，清水溪流给南宋御街带来了灵气，那么这里的文化传承，则诠释了杭州厚重的历史文化底蕴。这里有南宋三省六部遗址、太庙遗址、御街遗址等。此外，以胡庆余堂、方回春堂为代表的中医文化，以杭秀、绸伞、丝扇为代表的丝绸文化，以狮峰、龙井、云栖为代表的茶文化，以西湖醋鱼、叫花鸡、东坡肉等"杭帮菜"为代表的饮食文化，在南宋御街和河坊街多元融合。特别是以宋朝文人墨客著名的诗词文化，在灰瓦白墙各式建筑上都有很好的体现。如果说古建筑显示出疏朗淡雅的风格，那么宋词则像伴随期间婉转悠扬的琴声。在此处游览是舒心惬意的，乐此不疲。南宋御街"作为历史风貌和社会变迁的浓缩，它是古老而又年轻的杭州最贴切的象征"。

胡雪岩旧居

　　从南宋皇城鼓楼出来向东，穿过中河中路不远，即可看到一个院墙很高且门楼比其他庭院更精致、讲究的建筑，此处便是"清末中国巨商第一宅"——胡雪岩旧居。百狮楼在旧居中央，由于整个楼的边边角角雕刻有大大小小的100只狮子而得名，是招待宾客的重要场所。东侧和乐堂、清雅堂、怡夏院、佛堂、鸳鸯厅是议事、生活区域；西侧延碧堂、御思楼、洗秋院、锁春院、藏春院等是休闲、娱乐区域。大假山上的御思楼是当年的最高建筑，既能看到园子全貌，也能看到大半个杭州城。院内所有木雕、砖雕、石雕、堆塑以及室内家居用品、彩画等件件是精品，样样可传世。轿厅展示的两顶楠木官轿，大小差不多。夏轿窗子大，通风凉快；冬轿窗

延碧堂

子小，严实保暖。两顶轿子做工考究，堪称珍品。若说整个庭院价值连城，毫不为过。

胡雪岩，清代传奇人物，安徽绩溪人，徽商代表。从经营钱庄起家，兼营粮食、房地产、典当、军火、生丝等，亦官亦商，官至二品，还创办胡庆余堂国药号，是富甲一时的商人。纵观胡氏一生，可谓：事兴，兴得潇洒；事衰，衰得凄凉。当年，朱镕基任总理时参观胡雪岩旧居，感慨留言："胡雪岩故居，见雕梁砖刻，重楼叠嶂，极江南园林之妙，尽吴越文化之巧。富埒王侯，财倾半壁。古云：富不过三代。以红顶商人之老谋深算，竟不过十载。骄奢淫靡，忘乎所以，有以致之，可不戒乎？""忘乎所以"，一语中的。成事难，成大事保持清醒更难。曾经的事例，发人深思，令人感悟！

据说，山东荣成"钱"姓祖上也是从杭州迁徙而来的，陪夫人谒拜老钱家的钱王祠是必须的。钱镠（852—932），临安（今临安区）人，五代吴越开国国君。当政期间，保境安民，经济繁荣；文士荟萃，人才济济。修建钱塘江捍海石塘，使"钱塘富庶盛于东南"。杭州百姓称颂为"武肃王"。钱王祠始建于北宋（1077），是后人纪念吴越国钱王功绩而建的。

钱王祠，位于柳浪闻莺景区内、碑亭南侧，广场上由功德坊、钱镠雕像、钱祠表忠和荷塘组成。"玉带龙衣貌宛然，朱门碧殿暮湖边。"进入山门，两侧是御碑亭，中间的铜献殿是全铜铸就的。祠内五王殿，是吴越国钱氏

钱王祠

三世五王的塑像，与德崇坊、庆系堂构成了祠内的主要殿堂建筑。钱氏家训严谨，尊师重教，人才辈出始于钱镠。据统计，仅宋代钱氏子孙考取进士者300余人。如今钱氏后裔更是数不胜数：国之栋梁钱其琛、钱正英；著名科学家钱学森、钱三强、钱伟长；国学大师钱穆、钱锺书等。钱氏后裔，人才辈出，政治、经济、教育、文学、艺术等各领域的名人、精英，遍布世界五大洲，为人称颂。

塘栖古镇地处杭嘉湖平原，离杭州约20公里。塘栖历史悠久，始于北宋，兴自元明清，曾贵为"江南十大名镇"之首。据《塘栖志》记载，塘栖古镇名源于下塘之西的塘栖寺。而现在人们只知塘栖镇，不知塘栖寺。

走过塘栖石坊，展现在眼前的是古老宽阔的广济桥。这是一座横跨古运河的七孔拱桥。塘栖主要由广济古桥两岸商业区、塘栖古镇和塘栖公园三部分组成。广济桥、郭璞古井、御碑码头、太史第弄都是著名的历史遗迹。游览古镇，给人的感觉古风犹存。"塘栖为杭州的水上门户，京杭大运河穿镇而过。其文化沉淀深厚，廊檐街、美人靠、茶楼、弄堂、石桥，悠悠地向世人展示着曾经的辉煌。"如果住上几天，静下心来，深度体验

塘栖古镇

一下当地民风民俗，我想会难以忘怀的……

杭城是座来了就不想走的城市。记得 1994 年在杭州大华饭店居住时阅读了《钱江晚报》——"钱塘江副刊"上的一篇记述鲁迅和郁达夫通过信件赞誉杭城之美的散文。由此可以得出：杭城的美是历史的、久远的，美得轻盈，美得婉约，美得深邃，让人陶醉，恋而不舍。说句心里话，我也想久住！

2020 年 11 月 1 日写于杭州大华饭店

又到泰州

泰心苑小木屋

　　又是老友盛邀再到泰州。记得上次游览泰州的溱湖湿地、溱潼古镇、千垛水上森林公园、胡锦涛曾就读的泰州中学、凤城河夜景和稻河古街是在 2019 年的秋天，那时已真切感受到泰州历史文化和大美风光。"君子不独乐，我朋来远方。"相继退休，相约同乐，岂不美哉？此次泰州行目的有两个：一是参观老友参与经营的泰心苑文化传媒公司；二是弥补有些景点未看的遗憾。

　　泰心苑文化传媒公司所处地理位置极佳，东边距溱湖湿地公园不远，200 多亩自用土地，四面环水，确切地说就是一个岛屿。园区大部分为种植林木花卉的区域。东南角的办公区域装点得温馨雅致，由木屋、蒙古包、廊亭、休闲区、游乐区、花草、灯光点缀得赏心悦目。在此居住的三天，宛如置身于世外桃源，是惬意的：清晨总是被欢快的雀鸟嬉闹声唤醒；游览归来，或吃茶或散步，从心所欲，乐于其中。

中国人民解放军海军诞生地纪念馆

　　由于我与老友都有从军经历，泰州活动第一站自然是参观中国人民解放军海军诞生地纪念馆。白马庙是革命老区，1949年4月23日华东区海军机关在此成立，标志着人民海军的正式建立。纪念展览分为历经沧桑、白马建军、威震海疆、发展壮大、鱼水情深五大部分。在海军历任领导照片前驻足凝视，不禁回想起1997年随谭启龙老书记赴京参加十五大、看望张爱萍老人，第二年在绍兴巧遇李耀文老人时的情景。老政委回京后还让唐秘书给我捎来题写的"勇攀高峰"几个大字，充分体现了老革命对年轻同志勤奋学习、努力工作的激励和希望。看到他们当年英姿飒爽的精神风貌，以及为祖国海军建设做出的重要贡献，更加起敬，更感亲切！

　　乔园是在老城区的明代著名建筑，园林小巧，结构精细，有"淮左第一园"之称。数百年几易其主，清转至两淮盐运使乔松年，改称"乔园"。我们

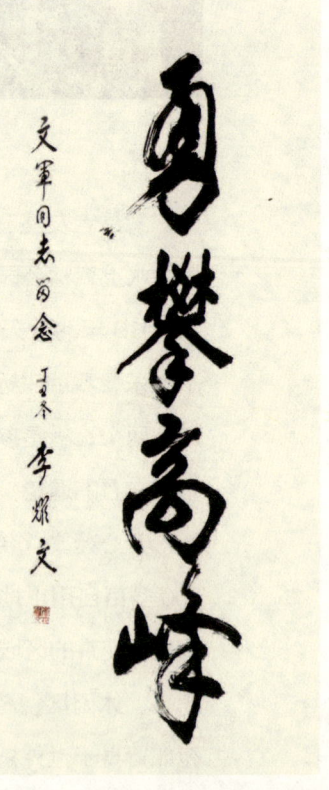

老政委为作者的题字

乔园

是从西门入园的，先游来青阁，后看蕉雨轩、莱庆堂、三帅堂、响草堂，几座主要建筑相距很近，以假山、鱼池的石板路衔接，环境幽雅清静，古趣横生。曾为山东聊城古城光岳楼保护做出重要贡献的园林大师陈从周先生，对乔园概括得尤为贴切："厅事居北，水池横中，假山对峙，洞曲藏岩，石梁卧波等，用极简单的数事组合成之，不落常套，光景自新。"新中国成立后，乔园收归国有，其园林及宅第改为政府招待所。刘少奇视察时曾在此小憩，梅兰芳回乡也曾下榻。老友说，儿时常来玩耍。触景生情，乔园引发了他对往事的回忆……

望海楼是泰州的标志性建筑，建于南宋，初称"海阳楼"。此楼多次毁于兵火而起于盛世。泰州不临海，为何叫望海楼？据记载："嘉庆初，楼欲圮，州牧杨玺拆而重建，将楼基增高一丈二尺，且加固之，更名为鸣凤楼，取'朝阳鸣凤'之意。"因登楼远眺，沧溟恍恍入目，故人们喜欢把它称作"望海楼"。"落日凭栏望眼开，苍茫气色接蓬莱。千家井灶孤城合，万里帆樯一水回。"望海楼值得一看。景区北边的碑刻，在竹林小路两侧间隔排列，漫步其中，既可欣赏名诗书法，也可了解泰州历史。古城遗址、宋城古涵都有很高的学术价值。望海楼主楼蔚为壮观，登高望远，确有"极目抒怀"之感。凤城河夜游时看到的望海楼的夜景，也是靓丽无比、光彩夺目。

另外，老友还带我们参观了高港区口岸的"千年古柴墟，悠悠雕花楼"及已基本完工的新景点凤栖湖风景区等。特意在青砖黛瓦、悠悠飘香的老

望海楼

街品尝了泰州小吃红烧河豚、鱼汤面、清炖蟹黄狮子头、大煮干丝、蟹黄汤包等。2020 年，在全国最具幸福感城市评选中，泰州位列其中。意大利著名旅行家马可·波罗游历到泰州时感慨地说，这城不是很大，但各种尘世幸福很多。所谓尘世幸福，就是慢得独特的生活节奏。"早上皮包水，晚上水包皮"的生活，再来可以多体验几日。祝老友幸福并快乐着，祝他们的公司办出特色，事业兴旺发达！

2021 年 4 月 15 日晚写于泰州姜堰泰心苑小木屋

初游无锡

清名桥古运河景区

　　无锡是镶嵌在太湖北岸的一颗璀璨明珠，是国家重要的旅游城市。来游览的想法由来已久，无数次经过未能如愿。当驾车南行驶过江阴长江大桥时，还是有些小兴奋的。

　　来到无锡的下午，便游览了清名桥古运河景区。清名桥原名清宁桥，位于无锡南门外的古运河与伯渎港交汇处，飞架运河两岸。古运河呈西北－东南走向，清名桥西侧有南长街（旧时称南上塘街），对岸的街巷称下塘街。民国前下塘一带有米市、烧窑业、丝厂、船码头、戏院、饭店等。清名桥区域有"江南水弄堂，运河绝版地"之说。

　　现在的清名桥也是旅游打卡地，与其他古镇类似，向游客展示当地衣食住行的历史文化，不同的是古运河游船穿梭不断，人群熙熙攘攘。我们从下午游逛，直到夜幕降临，彩灯亮起。

　　第二天，来到惠山古镇。从浜门进入，沿河边走一段路拐到直街，越

天下第二泉泉标

走越感受到它的古朴典雅，越走越感受到它的大气端庄。因为穿越了生活和商业区域，惠山东麓漫坡上的大半个古镇，就是一个偌大的园林，环绕映山湖而建的亭台楼榭，错落有致。园中除了著名的惠山寺、天下第二泉，就是许许多多的祠堂和牌坊。"欣赏惠山美景，聆听惠山故事，品鉴惠山茶韵，体察惠山生活。"走累了，在万卷楼要了壶茶，稍事休息，静心赏景。茶楼位置很好，依山而建。向上看，树木遮天蔽日，向下俯瞰是第二泉泉池，远处自然景色一览无余。惠山古镇是无锡老街坊风貌保存完好的唯一街区。

下午参观蠡园。蠡园南面的湖是蠡湖，原名"五里湖"，是太湖东北

蠡湖四角亭

太湖仙岛老子像

岸的一个内湖。相传春秋时越国大夫范蠡经常携美人西施来此泛舟、赏景，湖因人而得名，园又因湖而冠名。

　　入门经西施传说廊、月牙平台、蠡湖烟绿到南堤春晓。由于疫情影响，游船停运，原本去湖心岛参观陶朱公馆、西施园的设想无法实现，只好环荷花池漫步。远处的秋亭、夏亭、春亭都是灰瓦白墙（墙体造型有方有圆）的四角亭，这些亭台点缀在蠡湖、荷花池中，层波叠影，韵味十足。"剪云栽月好花四季，穿林叠石流水一湾。"眼中有如此景致，心情自然是愉悦的。

　　来无锡必游太湖，游太湖必游鼋头渚。鼋头渚山清水秀，集太湖风光之大成，有"太湖游览名胜"之称。进入景区，经寥风亭、鼋头渚牌坊、广福寺，然后登上鹿顶山舒天阁，整个鼋头渚景区尽收眼底。"路入桃源九曲环，早春放棹碧云间。瑶台倒映参差树，玉境平开远近山。"鹿顶山上除了舒天阁，还有环碧楼、碑刻影壁、踏花亭、范蠡堂和鹿群雕塑等。当乘船去仙岛时，尽管湖面吹来的风凉嗖嗖的，但丝毫吹不散游人的热情。这时，湖面上从远方浩浩荡荡驶来一个帆船船队，在位置上可以判断是从三国水城开过来的，既像"东吴"水军的操练，也像"商船"列队的彩排。不管怎样，看到太湖水面平添了众船竞帆的场景，游人还是兴奋不已的。从蓬莱仙境进岛要通过一座非常壮观的桥梁。南头水中礁石上是一座渔翁石雕，栩栩如生。沿岛顺时针行走，东边道路平坦，西面是半山小路，文昌阁下月老祠为分界线。在岛上瞭望太湖，烟波浩渺，如同海边看海，只见水面，不见对岸……

　　拈花湾，坐落在无锡马山风景名胜区的山水间。小镇整体建筑风格以唐风宋韵为主，融入江南水乡特点，将自然、人文景观有机融合，是无锡精心打造的一处新的旅游度假地。乘游览车进入景区，映入眼帘的是优美的绿地、湖泊、树林。唐宋建筑需要徒步观赏的。折返时，在拈花湾云树码头乘坐的是竹篷小船，由于船体小，仿佛贴着水面穿行。欣赏了湖西岸边足足有几公里长的宾馆、客栈、各式餐厅一条街；东边岸上远端是山景、

拈花湾景区

近处是芦苇，云光倒影，山水间不时迎面吹来徐徐清风，更增添了远离喧嚣的惬意。夜幕是在月香花街闲逛中降临的。拈花湾夜景绚丽多姿，异常迷人。大型演出《禅行》，将拈花湾的游览推向高潮：以小镇山水禅境为载体，用现代数字多媒体技术和舞台表演艺术，生动演绎了茶道、花道、香道、琴道等富有传统文化魅力的生活情境。古筝弦乐回响天空，灯光变化美轮美奂，人们在心潮澎湃中，享用了一次文化大餐！

灵山大佛离拈花湾很近，驱车走环山路五六公里即到。灵山大佛高近百米，几公里之外依稀可见。来灵山重点做了两件事：一是近距离仰视大佛尊容。在大佛座基裙房乘电梯，登上莲花座，在大佛脚前，临时抱了佛脚；二是参观了灵山梵宫。灵山梵宫用富丽堂皇、雄伟壮观、气势磅礴来形容恰如其分。梵宫堪称是东方的"卢浮宫"。宫内珍宝荟萃，流光溢彩，身处其境者无不感到震撼。2012 年，灵山梵宫被确定为世界佛教论坛永久会址。

无锡简称"锡"，古时称"金匮"（即金色的盒子），鱼米之乡的历史富足程度可见一斑。如今地处苏浙沪交界、经济繁荣区域的无锡，有得天独厚的优势和条件，一个经济富裕、景色优美的无锡正以新的姿态展现在世人面前！

2021 年 4 月 18 日晚写于无锡太悦度假酒店

镇江游记

西津渡古街

　　镇江和扬州是长江南北两岸的重要城市。从无锡到扬州必经镇江，游镇江是顺理成章的，况且只有 80 公里，一个多小时就到。

　　西津渡是镇江文物古迹保存最多、最集中、最完好的区域。西津渡古街始于六朝，三国时叫"蒜山渡"，唐朝时名"金陵渡"，宋代以来称"西津渡"。从伯先路桔子酒店向北，绕博物馆外墙拾级而上，便是西津渡古街。这是一条依山而建、东高西低、从半山腰用青砖在道路两侧砌成民居和山墙的古街。

　　"昭关石塔"横跨街道，据说是国内仅存的一座过街石塔。普陀寺、观音洞、地藏殿、铁柱宫相隔不远，规模不大，造型各异，飞阁流丹。观音洞依山而建，一半是山体石壁，一半是嵌进岩壁建造的殿宇，形成了一座建在岩洞中的"悬空寺"。对西津渡古街印象最深的，是青石路上车辙留下的深深印记和一段用玻璃罩封闭的唐、宋、元、明、清时期的路面。由此看出，古街是随着时间的推移不断加高的，现在的路面比清代足足高出半米有余，"唐宋元明清，一眼望千年。"向西是小山楼、待渡亭等。在小山楼楼前下可俯瞰街区老宅的栋栋青瓦房，上可仰望云台楼阁。待渡亭是古人候船或小憩的场所。由于江水常年淤积，待渡亭已远离江边 300 多米。从待渡亭下坡，两侧的店铺林林总总，经营百业，多以镇江特色为主。在玉山广场折回西津渡古街，参观了民间文化艺术馆。老码头文化街区英租界工部局、亚细亚和德士古火油洋行等都是从旧址上复建的。如果说半山古街是原汁原味的中式，那么坡下建筑则是中西结合的景致。

在粤南山北公园、租界旧址与两组铜雕合影"彩排"。其一，如何攻曹？诸葛亮、周瑜手心写字互猜，我做了"裁判"；其二，账房先生与外国老板算账，我主持了"调解"。"骑驴上金山"是铜雕作品，一个俏媳妇侧坐在驴背上，古时候骑驴相当于现在打出租，形象记述着镇江曾经的市井繁

西津渡夜景

金山岛

荣。尚清是建在山脚下水池中的一个戏台，正逢灯会，装点得格外漂亮。戏台对面是周家二小姐的菜（网红榜首），由于提前预订了座位，进店后点了水晶肴肉、蟹粉狮子头，佐以姜丝和镇江香醋，外加蟹黄汤包、锅盖面，味道好极了！"潮落夜江斜月里，两三星火是瓜洲。"西津渡夜景很美，美得矜持，是一种透着古香韵味的柔和……

金山风景区主要由金山湖和四组岛屿组成。金山湖水系经运粮河与长江贯通。金山岛殿宇栉比，依山而建。主体建筑金山寺，建于东晋，在佛教寺庙中地位较高，与普陀寺（浙江舟山）、文殊寺（河南鲁山）、大明寺（江苏扬州）并列为"四大名寺"。慈寿塔是金山西北峰最高建筑，始建于齐梁，明初倒坍，清光绪年间重建。此塔珠光宝气，玲珑秀丽。

过金泉桥西行到境天园、百花洲，是一片休闲绿地。百花洲北面有一个很小的云根岛。郭璞墓在云根岛上，是明代巡按御史黄吉士到瓜洲检阅水师、凭吊时修筑的。东晋郭璞知识渊博，多才多艺，集历代风水学之大成。他撰写的《葬书》，奠定了中国风水环境学的理论基础，被尊为中国风水鼻祖。明代诗人程敏政作《金山七咏·郭璞墓》曰："落日江心墓，凄凉郭景纯。桑田不可测，抚掌笑山人。"景区最西面是一座岛屿，芙蓉楼是岛上的最大建筑，轩昂宽敞，瑰丽无比。芙蓉楼、鉴亭、三塔映月在波光粼粼湖面的衬托下，古韵更足。游人穿行其中，有身处仙境之感。这里也有个"天下第一泉"，至于名泉如何排序以及是否还有第三个"天下第一泉"就不得而知了。

江河湖泊间的名胜，需乘船游览。动态中赏景别有风趣。"楼台两岸水相连，江南江北镜里天。"从辽阔的湖面向北望去，白娘子岛和许仙堤上的栈道连为一体，一行行柳树随风飘摇。"碧玉妆成一树高，万条垂下绿丝绦。"向南望去，湖面之上的金山寺殿宇群流光溢彩，蔚为壮观。法海洞，位于金山塔西下侧悬崖上。

　　游镇江，必游"三山一渡"，即金山、焦山、北固山和西津渡。此次镇江行，只游览了"一山一渡"。焦山、北固山留作下次的"两山一渡"吧！再来镇江，西津渡还是要去的。今后不管几渡，西津渡超凡脱俗，古朴雅致，百看不厌，多走几趟，感知会更多。"春风又绿江南岸，明月何时照我还。"

　　　　　　　　　　2021年4月19日晚写于镇江西津渡桔子酒店

芙蓉楼

扬州是个好地方

运河三湾风景区入口

　　"扬州是个好地方"是 2020 年 11 月 13 日习近平总书记视察运河三湾时对扬州的赞誉。他说,"扬州依运而建、缘运而兴、因运而美"。我是 2021 年 4 月 20 日谷雨这天,从镇江过润扬长江大桥"下扬州"的。

　　用过午餐,稍事休息,出于对扬州园林的喜爱,第一站便游览了个园。个园是私家园林,清代两淮盐商黄至筠在原寿芝园基础上扩建。因主人爱竹,且竹叶形似个字,故名个园。个园以叠石艺术而出名,由各地名石叠成的春夏秋冬四个假山特色鲜明,被誉为"国内孤例"。"一径抱幽山,居然城市间。"宋代苏舜钦《沧浪亭》,描述了游人心生顿悟的切实感受。晚上欣赏了东关大街的夜景,逛街时发现个园南门与东关大街相通,后来得知,东关大街两侧店铺背面几乎都是园林,只是个园更大、更有特色,且保存维护得完好一些罢了。

瘦西湖五亭桥

　　扬州最著名的景点当数瘦西湖。瘦西湖最早两段水体形成于隋代。宋元时期，与城濠连接成一个更大范围的水系，成为扬州城的护城河。现在园区的主要轮廓是改革开放以后逐步修复和完善的。由于下雨，我们是乘船游览的。船由熙春台出发，沿途经二十四桥、大虹桥、凉亭、玉版桥、钓鱼台，到达白塔、五亭桥等景点。瘦西湖与其叫湖，不如说就是一条弯曲的河道，或者说是一片湿地。"天下西湖，三十有六"，惟扬州的西湖，以其清秀婉丽的风姿独异诸湖。史载清乾隆元年，钱塘（杭州）诗人汪沆慕名而来，饱览美景后，与家乡西湖作比较："垂杨不断接残芜，雁齿虹桥俨画图。也是销金一锅子，故应唤作瘦西湖。"这首诗既描述了瘦西湖的繁华景致，道明了扬州和杭州一样，都是"销金锅子"，也通过两个西湖的对比，提炼了一个"瘦"字。正是这个贴切的"瘦"字，生动刻画了瘦西湖的婀娜多姿。后人风趣地说："看来风景也是瘦了的好。"

　　瘦西湖南边不远是扬州八怪纪念馆。扬州八怪包括郑燮、罗聘、黄慎、李方膺、高翔、金农、李鱓和汪士慎八位画家。"八怪"是清代扬州的一批画家，以擅长画梅、竹、石、兰著称。梅的孤傲、石的坚冷、竹的清高、兰的芬芳，是他们的共同志趣。该馆是以金农故居和西方寺的基础改建。平山堂常常是文人雅聚之处。700 年前的楠木大殿为主展厅，展示八怪成

扬州八怪纪念馆

因及艺术成就。扬州八怪的"怪",体现的是画风的革新精神,代表着"笔墨当随时代"的时尚风貌。随着时代发展和审美意趣的提高,怪名由贬变褒。扬州八怪艺术在中国绘画史上留下了浓墨重彩的一笔,他们的创作思想和艺术实践深深影响着近现代中国美术的发展,先后出现的赵之谦、吴昌硕、任伯年、蒲华、齐白石、陈师曾、潘天寿、徐悲鸿等艺术大师,无不获裨益。郑燮在山东做过潍县县令,后客居扬州,以卖画为生。郑燮画竹,缘于"千磨万击还坚劲,任尔东西南北风"的灵性把握,独树一帜。郑燮狂放不羁,个性鲜明,为"扬州八怪"之首。

原计划在扬州住两天,无奈景点太多,且美食诱人,又多住了三日。期间,游览了何园、运河三湾风景区、茱萸湾风景区等。"晚清第一园"——何园主要由"寄啸山庄"(大花园)、"片石山房"(小花园)、住宅区(洋房)三部分组成。整个院子结构精妙,将西方建筑元素有机融入中国古典园林工艺中,反映了何园主人思想开放、对多元文化的融会贯通,让人叹为观止。何园中的骑马楼、玉绣楼、赏月楼及水心亭、船厅、牡丹厅等,皆为园林建筑的精品。其复道回廊是何园最具特色的建筑,有"有房必有廊,无廊不成房"之说。"人在景中走,身在画中游",何园处处皆景观。运河三湾是以明朝调节水位改湾形成的湿地旧址,配置休闲设施而建成的生态人文景区。茱萸湾夹在古运河和大运河之间,风景秀美,现在是融自然风

何园水心亭

光、人文景观、植物、动物散养及表演为一体的动植物园。此外，两次重游东关街，参观了汪氏小苑、馥园和李长乐、熊成基、江上青等历史人物的旧居。

泰州老友听说没走，就赶过来陪同参观了朱自清故居（安乐巷27号）。这是建于清代的"三合院落"建筑。朱自清7岁随家移居扬州，在此居住了13年。进入院落左边厢房，是朱自清在荷塘月色背景前的汉白玉坐像，正堂是其生平介绍及不同时期与家人友人的合照，橱柜里展示了他的许多版本书籍和创作手稿。

晚上，老友特意安排一桌扬州名菜为我们饯行，蟹粉狮子头、文思豆腐、大煮干丝、三套鸭、水晶肴肉、松鼠鳜鱼、梁溪脆鳝、三丁包子、翡翠烧卖、千层油糕等悉数尽上。盛情难却，我们一一品尝，大饱口福。酒足饭饱之后，还去参观了南水北调源头。

我们来到办公楼前，看到了镶嵌在楼体上叶飞将军题写的"江淮名珠"几个雄劲有力的大字。工程人

朱自清雕像

南水北调源头

员介绍说，调水工程从 20 世纪 60 年代开始，经过几代人的努力，形成了现在的规模，从扬州供水经十三级提水，致使长江水流经山东注入京津冀。这是一项浩大工程，工作区、生活区整洁有序，几公里长的通道绿树成荫，水渠建设规格很高，管理水平堪称一流，着实令人叹为观止！

扬州位于江苏省中部，长江与京杭大运河在此交汇，"一部运河发展史，就是一部扬州发展史"。扬州看点很多，韵味很足，美食合口，住得越久感觉越好。"独步回廊绕栏行，鸟啼花谢正关情。"扬州的确是个好地方……

2021 年 4 月 23 日晚写于扬州卢浮酒店

淮安印记

淮安水釜城

　　淮安地处古淮河与京杭大运河交汇处，是江淮流域古文化发源地之一。淮安人杰地灵，从古至今，人才辈出，也是敬爱的周恩来总理的故乡。

　　从扬州到淮安约160公里。在进入主城区前，先到洪泽湖边的古堰古镇风景区游览。烟波浩渺的洪泽湖一望无际，应该是受疫情影响，游船在岸边静静停靠，湖滨公园游人稀少。已具相当规模的古堰水釜城，尽管景色很美，所有店铺也是大门紧闭。鉴于这种情况，我们只好走马观花，直奔淮安城区了。

　　周恩来纪念馆在周恩来故居景区东北两公里处。缅怀周总理的人络绎不绝，进入停车场的车辆足足排了一公里长。尽管有疫情限制，但这里与其他景区的人流反差实在太大了。在周总理逝世 40 多年后的今天，人民依然崇敬他、爱戴他，充分体现了人民群众对敬爱的周总理的无限思念。习近平总书记在缅怀周总理时说道："周恩来，这是一个光荣的名字、不朽的名字。每当我们提起这个名字就感到很温暖、很自豪。"

周恩来纪念馆主馆三面环湖，馆区建筑全部采用青、白两种颜色，象征周恩来公而忘私、两袖清风的高尚品格。大厅里，是周总理的古铜色立像，他身穿大衣，右手插兜，慈祥可亲。缅怀者三鞠躬后，依次缓步参观周总理生平介绍和各个历史时期的工作、生活照片，以及部分曾经使用的实物和手写文稿等。当看到周恩来、邓颖超制定的"不准晚辈丢下工作专程看望他；不准请客送礼；不准动用公家汽车……"等十条家规时，我不禁潸然泪下。总理夫妇严于律己近乎苛刻。总理心里装的是人民、想的是国家！

周恩来纪念堂北广场上矗立着周总理双手叉腰、面带微笑的巨幅铜像，再现了周恩来平易近人的伟人风范。拾级而上是按照原比例建造的西花厅。如果说仿建院落有中南海皇家花园的特色，那么室内则完全是平民生活起居的设施。无论是办公的沙发、桌椅，还是休息的床铺、日常生活用品，都是那么普通。这里，给人一种主人不在家、刚外出的感觉。其实，周总理真的没有走远，他时刻关心着祖国的富强，人民的幸福。

河下古镇是淮安浓缩的历史博物馆，它形成于春秋，距今已有 2500 年的历史。"襟吴带楚客多游，壮丽东南第一州。"游览河下古镇，精华有三：一是从北门牌坊向南，到屯盐桥、程公桥，这是一片尽显沧桑和市井繁荣的区域；二是沈坤状元府邸别墅及周围的状元楼、关帝庙、放鹤亭、静寿堂、魁星阁、藏书楼等古建筑区域；三是吴承恩故居的展览区域。

河下历史名人很多，如秦汉军事家韩信，宋代抗金英雄梁红玉，明代抗倭状元沈坤，清代温病医学家吴鞠通，道光礼部尚书、都御史汪廷珍等，最著名的还是明代的吴承恩。

千年古镇河下牌坊

　　吴承恩故居在河下古镇打铜巷22号，占地面积很大，为明代风格的古典园林建筑群。整个区域素朴典雅，建筑明显逊色于清代大户人家的富丽堂皇，以灰瓦和原木色系为主。故居分为故居主体、吴承恩生平陈列厅、玄奘纪念堂、美猴王世家艺术馆、六小龄童工作室五个部分。看了吴承恩诞生地，方知吴承恩的父亲吴锐，为人忠厚，喜欢谈说史传，好游淮地名胜古寺，常给幼年吴承恩讲述神魔故事。这充其量是启蒙兴趣的开始，完成《西游记》整部书的鸿篇巨制，则是在吴承恩一生的后期，是其经历了官场由兴到衰、家庭命运多舛的情况下，靠非凡的文学造诣和不懈的精神毅力完成的，非常人可及。参观其生平介绍后，主要游览了悟园、松风轩、小尘世、船舫等园林景观。小尘世是建在墙体长廊中的半个亭子，由于此处寂静，与周围花草搭配形成的绝妙景观，韵味十足，清淡雅致，令人迷恋。

　　游览了大半个古镇，走花巷沿路返回，已经是饥肠辘辘了，来到事先看好的文楼饭店，决意要品尝一下招牌名吃。因为当年周总理小时候经常

吴承恩故居

文楼小记

从驸马巷乘船来文楼吃汤包。据说，当年文楼有一个不成文的规定，就是吃饭前，要先对对联，谁没有对上就请对方吃饭。相传乾隆皇帝带纪晓岚微服出巡到河下，河下的姑娘们随口出了上联，"小大姐，上河下，坐北朝南吃东西"，纪晓岚自恃才高八斗，但终未对出下联。如今，上联仍被雕刻在文楼的灰墙上。据说，后来的文人墨客对出的下联不计其数，但贴切达意的寥若晨星。因此，只见上联、不见下联的状况延至今日。文楼的蟹黄包不大，一盘一个，附带吸管。用吸管喝汤还是挺油腻的，这可能是年代不同、生活水平提高所产生的口感差异。总的感觉，文楼生意兴隆，一个饭店经久不衰，足以说明其有独特的经营之道。

随着游览的深入，也愈发能感受到淮安历史文化底蕴的深厚。淮安景点太多，里运河文化长廊、淮安府署、洪泽湖蒋坝景区、清宴园、钵池山等。再来时，不仅要补充游览这些景点，还要再到文楼品尝淮扬菜的皮鲁、平桥豆腐、软兜鳝鱼、钦工肉圆……

2021 年 4 月 24 日晚写于淮安宾馆

猫趣

五猫图

不知何时院子里来了一群小猫……

可能是夫人平时投放鱼虾食物的缘故，也可能是寂静的院子适合猫咪生存的缘故。但不管怎样，这帮小家伙毕竟来了。它们的到来，院子里的确多了一些生气。

初次见面，小猫咪还是紧张、多疑的。人，见了生人难免还有些拘谨呢……

"裹盐迎得小狸奴，尽护山房万卷书。"看来不怕不熟，就怕处得久。经过几天的熟悉，你忙你的花草，它晒它的太阳。有时面面相觑，它揣摩你的意图，你欣赏它的天真。闲暇时多了一分牵挂，也感觉到了与猫共处

三猫图

的和谐居然也是那么自然。

"待等老夫亲勘当，更招幽鸟细商量。朝慵午倦谁相伴，猫枕桃笙苦竹床。"经过几天的观察，这群猫共有十几只，从毛色上区分，应该是两窝，一窝黄白相间的，一窝灰白相间的，头部几乎都是黄灰相间的。从它们玩耍的群体分，也是黄的一群，灰的一帮。可能是抚养任务繁重，老猫经常外出寻找食物。偶尔也能遇见，与老猫对视中，你会发现它的谨慎与狡诈。反观幼猫，你会感到它的单纯和玲珑。尤其是那双闪动的圆圆的大眼睛，不仅漂亮，而且通透，充满了对事物的好奇。小猫咪的可爱，在于它活动时的敏捷，跳动时展示着轻盈和灵活，闲歇时也不失优雅与娇柔。当你情绪好时，它会撒娇；当你面有怒色，它便逃之夭夭。正可谓："执鼠无功元不劾，一箪鱼饭以时来。看君终日常安卧，何事纷纷去又回？"

出于改善猫咪生活条件的考虑，在小区群里下了通知，有喜欢养猫的可来领养。对动物的宠爱，大概就是人的本性，真有来认领的。

我爱我家，小猫咪也应该是一样的。我想，不在家时，庭院里还有一群活泼可爱的小精灵，也是挺好的……

2021 年 5 月 18 日晚写于蓝岸

一次愉快的旅行

大乳山远景

　　几家朋友相约，在青岛北岭山森林公园集合，驱车前往威海乳山，到达时正赶上丰富的午餐。鱼虾、牡蛎等海鲜自然少不了，芋头、山药经烹煎蒸炸也都成了一道道美味佳肴，记忆最深的是葱油饼，香软可口，真是太好吃了……饭后到宾馆小憩。

　　下午去大乳山景区参观。大乳山虽然海拔不高但有特点，与朝汐湖、众多文化景点、秀美海滩浑然一体的自然景观，显得与众不同。大乳山向东奶奶庙、祈福台、触摩顶、万福山蜿蜒伸向大海，玉兰园、樱花园、灵光塔、泓兴寺、药师琉璃塔星罗棋布点缀在山峦间，形成了一幅美丽的画

泓兴寺

卷……

　　泓兴寺依山面海，恢宏大气。佛教建筑格式的主要内容，寺里一应俱全，有这等规模的寺庙在县级市是鲜见的。

　　下午4点来到日月同辉塔时，仰望天空，果然看到日月遥相辉映的场景。这是上天有意安排，还是自然的神奇巧合？

　　离开景区，我们来到了蓝城威海桃花源。据说，这是宋卫平先生由绿转蓝后建设的第320个地产项目，结合了乳山实际，引进苏浙和徽派建筑，打造中小户型高端客户的住宅，其最大看点是中老年人都能在这里找到适合自己的需求。

　　朋友安排的晚餐更加丰富了。俗话说："小酌怡情，过饮伤身。"谁能把握得这样精准？朋友相聚，要尽兴总是要干上两杯的，尽管现在对喝酒有些忌惮，这时候也只能"宁伤身体不伤感情了"。

　　第二天主要游览了大拇指广场和威茗茶叶园。大拇指广场是乳山银滩的中心广场，也是威海的响亮名片。据说，国务院只批准了两个国家级AAAA旅游度假区，一个是海南亚龙湾，一个是威海银滩。亚龙湾建设

蓝城桃花源一隅

相对成熟了，银滩正在加快开发步伐……

威茗茶叶园位于北纬37°线，也是国家最靠北的茶叶种植基地。大家在这里采摘了玫瑰花和茶叶，尽管都是一大把年纪的人了，但看他们劳动的眼神和表情，都显得那么真诚和朴实……这，大概就是回归大自然的魔力吧！

大家是在意犹未尽时返程的，也对下次活动充满了期待……

睡不着，写下这段文字，是为记。

2021 年 5 月 23 日晚写于青岛蓝岸

采茶图

天津印象

狗不理贵宾楼外景

曾无数次路过天津，却从未驻足一睹她的芳容。这次去北戴河小憩，下决心到津门停下来好好游览游览。

早上出发，一路顺畅，中午便来到了五大道。天津狗不理包子、十八街大麻花、耳朵眼炸糕都是名扬天下的小吃，可谁知下榻的宾馆竟然与狗不理包子贵宾楼为邻，难道是不期而遇的撞上还是偶然巧合？你别说，正宗的就是正宗的，口味真是很好，否则商家也做不成百年老店……

所谓五大道，就是常德道、重庆道、睦南道、大理道、马场道的统称。五大道现在是全国保存最完整的洋楼建筑群。据说，清朝、民国时期的达官贵人都来此置地购房，其中两任民国总统徐世昌、曹锟，东陵大盗孙殿英，抗日名将马占山，外交名人顾维钧等都曾在这个区域居住。著名实业

五大道民园体育场

家王光英的名人花园已成为五大道的历史博物馆。这是一栋别墅，共有三层，地上两层，地下一层，位于五大道中心区域的民园体育场北面。整个陈列馆的展览物件丰富却不失当年的时尚。若按时间推算，应该是 20 世纪 40 年代王光英在天津从事实业时的原物；若按地段划分，应该在当时英国租界的区域。室内陈设均为西洋装饰，吊灯、壁炉、办公、生活用品都是欧款。各房间和走廊陈列的照片，既有刘少奇视察天津工业时的留影，也有拜访王治昌老爷子时的家庭合照；既有王光英年轻做实业时的照片，也有从事社会活动的记录。经过一整天的游览，我认为五大道最有代表性的建筑，当属英国人建的圆形体育场和意大利人设计建造的"疙瘩楼"。

意大利风情区是一片很大的区域，曾经是意大利租界。马可波罗广场在风情区中央，餐饮娱乐场所呈放射状分布，白天游客不多，据说是年轻人晚上狂欢的地方。在此游览时一北京游人提醒要去瓷房子博物馆参观。之前知道有瓷房子博物馆，但不知道距离如此之近。

瓷房子博物馆位居五大道和意大利风情区中间、天津中心公园西侧。据介绍，瓷房子博物馆前身是有百年历史的法式四层洋楼，由古玩收藏家张连志先生 2000 年购买改建的。瓷房子镶嵌有晋代青瓷、唐三彩、宋钧

瓷房子博物馆

瓷、龙泉瓷、元明青花、清粉彩等各个历史时期官窑、民窑烧制物件。外墙以蓝色主色花瓶装饰，主楼以黄色瓷器作衬、黄青搭配为主，博物馆内部墙以红色色调瓷器为主，整个区域全部由瓷器包裹，自然协调，给人不小的震撼。楼门上方由青瓷制作的"中国梦"三个大字格外醒目，既体现博物馆主题，也彰显作者的成就感。瓷房子不仅是天津对外开放的地标建筑，也是 2010 年美国《赫芬顿邮报》评选出的全球十五大设计独特博物馆，是中国唯一上榜的博物馆。

如果说，五大道是名人的居住地，那么五大院就是他们的办公场所。那种大气、端庄、规模宏大且风格迥异的建筑群，给人一种特别的时代感、沧桑感，这在其他城市是不多见的。由于急着去看海河夜景，只好再找时间细细领略五大院风情了。

夜幕降临，在解放桥码头坐上游船，游览海河夜景。我想，游览过上海浦江夜景的人们，一定会为她色彩斑斓的景致由衷地赞叹；而欣赏过海河夜景的人们，也一定会为她绚丽多彩的画卷发出同样的喝彩！

天津天眼夜景

　　原来在天津想住一个晚上就走，由于杨柳青古镇、古文化街、静园、南开大学、周恩来纪念馆、滨海新区等还是要参观一下，所以比原计划多住了两天。应该说，天津是历史厚重的城市，也是现代辉煌的城市，更是英雄辈出的城市。我期待着对老城区再次深入探究，也急于前往滨海新区参观……

　　　　　　　　　　　2021 年 6 月 18 日写于天津五大道

山海关与老龙头

　　从天津到秦皇岛约 450 公里，因为参观滨海新区新貌占用了一个半小时，到达海上海酒店已经是午后 1 点钟。该酒店位于建设大街与文化路交界口，尽管启用时间较久，装饰略显陈旧，但设施配套和管理服务都是中规中矩的。用过午餐，稍事休息，我们便来到山海关景区。

　　山海关，又称榆关、临闾关，1990 年前被认为是明长城东端起点，素有"天下第一关"之称，与万里之外的嘉峪关遥相呼应，闻名天下。明洪武十四年（1381 年）筑城建关，因北倚燕山，南连渤海，故名山海关。我们是从东门进入景区的，左手边是高高的城墙；右手边是一个水域面积不大的湖面，在夕阳光照下泛着粼粼波光；坡道前方瓮城的大体轮廓宏壮依旧，沧桑更浓。通过箭楼高大而阴冷的通道时，导游介绍说，当年吴

山海关城楼

兵部分司外景

三桂就是在此引清兵入关的。山海关历来为兵家必争之地，近现代就有
1900 年的八国联军入侵；1922 年夏的直、奉军阀大战；1945 年八路军在
苏联红军的配合下攻占山海关；1946 年解放军反击国民党军的山海关保
卫战等战事。山海关城有四个城门，东门称"镇东门"，也是"天下第一关"，
目前被保护得最为完好。

"两京锁钥无双地，万里长城第一关。""天下第一关"的美誉是名副
其实的：仰视，有气吞山河的雄伟；远望，有巍峨挺拔的磅礴。游人至此，
无不叹为观止。广场西侧有一片灰砖复古建筑，门前两侧是两只栩栩如生
的石狮子，门楣的位置挂着"兵部分司"牌匾。这是一个庞大的院落，据
说是明朝唯一设在京外的军事机构，属兵部直管，全权负责山海关地区事
务。兵部分司署仪门为垂花门样式，仪门是旧时官衙、府第大门之内具有
"威仪"点缀的正门。进入仪门，两侧为巧妙连接垂花门和正房（正堂）
的长廊，既方便人们在雨雪天、暑热天行走，也可休憩小坐，观赏院内景
致。兵部分司自明宣德九年（1434）设立至明灭，200 多年间有 90 位主

老龙头景区

事在此办公，抗倭名将戚继光，亦曾在此办公。广场东侧也是一片廊亭轩阁的建筑群，"长城驿站"大门紧闭，从正门镶嵌的"长城万里驿使来，山海一关鸿雁飞"和旁边"晓月亭"两边立柱上的"牙板声声谐鼓曲，丝炫阵阵啭莺喉"的两副对联看，这是一个供游客休闲娱乐的场所。

　　从山海关景区出来驱车向南大约五公里，便是老龙头景区。老龙头景区位于明长城东部入海处，向东接水上长城九门口，入海石城犹如龙首探入大海，因而得名"老龙头"。老龙头是戚继光任蓟镇总兵时所建的"入海石城"。参观老龙头，必须穿越由青石灰砖复建偌大的宁海城。宁海城内有把总署、显功祠、龙武营、守备署、关帝庙、将台、校场、兵器陈列、粮仓、牢房等军筑，展示了明代要塞风貌。兵营南侧是以八卦而变六十四

明长城地理信息标石

澄海楼外景

爻作战阵图设计的练兵广场。过广场左拐拾级而上，便是景区最高、最著名的有"长城万里跨龙头，纵目凭高更上楼"之称的澄海楼。澄海楼是老龙头的制高点、观海胜地。其东西墙壁镶有清代皇帝及文人咏澄海楼诗作卧碑，楼内陈列着老龙头出土文物和部分党和国家领导人的题词。导游介绍说：老龙头初建时，边建边被海水冲毁，后来发明了在海底反扣许多铁锅，用以减少海水对城石的冲击，这种独特的方法已被载入建筑史册。在明初洪武年间到明末的200多年中，老龙头是不断修建、逐步完善的。清代长城内外成为一统，老龙头在失去了军事防御作用的同时，成为帝王将相、文人墨客观海览胜的最佳位置。

我们顺城墙南行，经过南海口关、遗址洞，登上靖卤台（戚继光曾改名为靖虏台）。这个与长城烽火台样式相同的建筑有三层，下面是老龙头入海南端的实体建筑，中部是空间很小的台体，上面有入孔，与台外城墙相通。从靖卤台出来沿沙滩西行，有一组探入海中的建筑群，与老龙头相似，这里便是海神庙。海神庙门前有乾隆御碑，庙里有牌楼、山门、海神殿、钟楼、鼓楼、天后宫、观海亭等建筑。由于距此西南不远处就是石河入海口，明代海运开通后，石河口被辟为漕运码头，商贾往来，盛极一时，渔民往往将安全寄托于海神，故修筑了海神庙。穿过海神殿，第二进院落是天后宫，祀奉天后娘娘。殿阁上方"盛德在水"的匾额端庄大方，尤其是"向四海锁神通千秋不朽""历数朝受封黄万古留芳"的对联，更彰显了把命运、定乾坤的不凡气势。过天后宫走过栈桥就是深入海水中的最后一个建筑——观海亭。这是一个八棱形双顶亭子，飞檐流角，红柱蓝瓦，八棱檐上均雕有飞禽走兽，镂刻精致，清雅隽秀，别具匠心。亭中观海，如同置身于海水中央；回望探入海水中的靖卤台，老龙头在茫茫大海上巍然耸立，更显壮观。

　　长城是一颗璀璨明珠，是稀世珍宝，是中华民族的骄傲。作为连接东北三省的重要关隘，山海关和老龙头饱经风霜，见证了文明古国千百年来的发展历史，如今在新时代又焕发出勃勃生机，山海景色魅力四射。正如著名文学家老舍先生 1963 年登山海关《赠小海燕评剧团》诗中所抒怀的那样，希望后生代不忘历史，展望未来，在广阔舞台上，展翅高飞："风光如此最多情，山海关头山海明。西去长城一万里，南来大地几千程。田园无际丰生产，烽火高台忆战争。更喜翩翩小海燕，青云白浪任飞鸣。"

2021 年 6 月 20 日晚写于秦皇岛海上海国际酒店

重游北戴河

中国纪检监察学院北门

　　上一次来北戴河是在我兼任公司纪委书记不久，组织安排来中纪委国家监察委员会北戴河培训中心学习，时间应该是在 2012 年的九十月份。当时培训班有 40 多人参加，其中山东省属企业 11 人，其他都是兄弟省市的纪检干部，党政机关居多。尽管大家来自五湖四海，没两天就熟悉了，晚上除了听课、研讨和看电影外，就是三五成群出学校北门、过马路，沿着与滨海大道平行的木栈道散步。这条路很长，有 20 多公里，我们最远也就走到现在的海碧台。散步几乎成为所有学员业余生活的"必修课"。山海关、老龙头、秦皇求仙处等景点是大家周末自发游览的……

鸽子窝景区

　　在北戴河学习期间，尽管课程、讲座、讨论等安排得比较紧密，晚上业余时间占用也多，但大家精神上还是轻松愉快的……记得曾经调侃时说过，等将来我退休了，也来北戴河住一段时间，好好享受享受休闲生活。可谁知一转眼，真的梦想成真了！应该说，梦想能成真，就是幸福人！

　　这次重游，看到北戴河的变化还是可喜的。首先是沿滨海大道的植被更加茂密，环境更优美；其次是管理也更规范，城市的规划建设整体上了一个大的台阶；再是鸽子窝公园改扩建工程成效是非常明显的，面积不仅向西扩大了几乎两倍，而且自然景观和人文景观融合得更加协调。鸽子窝的变化确实超乎想象：海边丛林中出现了形态各异的大小"鸽子窝"，游人至此，穿梭戏耍、拍照留念，增添了很多乐趣；宽广鲜绿的草坪和浩渺湛蓝的海水间，两段由玫瑰花编织的拱形长廊，特别醒目，"非关月季姓名同，不与蔷薇谱牒通。接叶连枝千万绿，一花两色浅深红。"生活伴侣漫步其中，情谊深长；白轮蓝底儿的大风车在山、海、内湖景色衬托下，显得异常靓丽，象征着国家的繁荣富强和人民群众的幸福安康……

　　登上山顶，瞻仰了毛主席巨幅雕像，重温了他老人家的诗词《浪淘沙·北戴河》。站在鹰角亭，眺望辽阔的海面，自然是心旷神怡的……

　　仔细想想，1954 年那个时候的鸽子窝，无非就是简陋的山峦和海天一色的自然景致，他老人家在这里却看到了大海的另一头，想到的是五千年的历史变革，于是给我们留下了脍炙人口的千古名篇。"换了人间"的词句，不正包含着新时代我们坚持道路自信、理论自信、制度自信、文化自信，实现中华民族伟大复兴的生动实践吗？

"读万卷书行万里路"是励志的。尽管读万卷书对退休干部有些困难，但出于对祖国大好山河的热爱，行万里路经过努力是完全可以做到的。我想，在祖国壮美山河中徜徉，应该是一种幸福！

北戴河，由衷希望你发展得更好，我会再来住一段时间……

2021 年 6 月 22 日写于秦皇岛海上海国际酒店

三进山城

承德高速出入口

　　承德是古城，历史积淀厚重；承德又是新城，焕发了青春魅力；承德也是名副其实的山城，周围群山环抱，山间的武烈河由北向南蜿蜒贯穿城中……

　　对承德的感知，是这些年逐渐形成的。掐指一算，也来过三回。第一次是朋友从网上搜到的，说那里有个唐家湾值得一看，于是几人相约利用"五一"假期去休闲了一把。此地是承德市下辖的承德县，在城东大约20多公里，唐家湾汇聚了丹霞地貌、滨水湿地、温泉地热和优越的自然景观。按照农家院落风格设计的住宿，无论打牌下棋，还是喝茶聊天，可尽享田园风光；无论今天相约爬坡去张家对弈，还是明天安排过桥去李家小聚，也都非常方便。由于这里山势独特，闲暇时主要是爬山，当时只觉得这些山山形雄伟，气势恢宏，爬了几次才知道这几座山峰分别叫狮子山、骆驼峰、天门山，还是当地人起的山名贴切、形象。由于五月的承德还是挺凉的，景区涉水项目都没有开放，所以游客不是很多，对于零星散客来说就有了世外桃源的感觉。到承德不游避暑山庄等于白来。避暑山庄始建于1703年，至1792年完全竣工，经历了康熙、雍正、乾隆三代帝王。避暑山庄正门不大，但里面的殿堂与故宫异曲同工。我们先后游览了宫殿区、山峦区、平原区、湖泊区，园子竟然比颐和园大三倍。山庄整体西高东低，北平原、南湖泊，几乎是中国地图的缩小版。

第二次是去木兰围场，此地属于承德辖区的满族蒙古族自治县。第一站是学习塞罕坝精神。荒漠变绿洲谈何容易，需要几代人的艰苦奋斗才能实现；第二站是草原明珠七星湖。这里自然景色堪称一绝，蔚蓝的湖水与蓝天白云、草原绿洲相互衬托，环顾四周都是令人陶醉的巨幅画卷，晶莹剔透的湖水静得深沉，静得透彻，静得唯美，静得让人不舍离去；第三站

七星湖

是康熙点将台。在高高山岗向下望去，是一望无际的苍松翠柏，它们像一群即将出征的勇士，远处隐隐听见战马的嘶鸣；第四站是滦河源头。这里是冀蒙交界处，也是天然氧吧，南面是浩瀚的森林，北面是辽阔的草原，可谓边际清晰，泾渭分明。从坝上去承德，路过丰宁已近黄昏，我们在此住宿，两个活动印象特深：一是放飞寄托美好愿望的孔明灯；二是品尝特色风味烤羊。

　　第三次是临时改变计划。在秦皇岛休闲几日后，本来想直接去保定野三坡，由于不想走回头路，临时决定北绕承德，当然也与想看几个景点有关。这次主要弥补了没有游览外八庙（小布达拉宫）、磬锤峰（棒槌山）、蛤蟆石等天地造化、鬼斧神工著名景点的遗憾。还利用清晨时间重游了避暑山庄。"一缕堤分内外湖，上头轩榭水中图。因心秋意萧而淡，入目烟光有若无。"如果只是走马观花，是很难体味当年乾隆帝诗词意境的……

　　此外，还有两个收获：一是游览了宽城县境内的潘家口水库。由于从空中俯瞰整座水库像条巨龙，因此也叫潘龙水库。据说，这座水库是密云水库蓄水量的两倍，是 1973 年为京津唐供水而建的。当年为修成水库还淹没了一段明长城。为了观看

磬锤峰

被淹没的明长城

这个特有景观，我们乘快艇40公里一睹了她的芳容。"不到长城非好汉"，恐怕坐快艇看长城的为数不多吧！二是观看大型演出"康熙盛典"。这个演出集声光电等现代高科技表现手法为一体，以规模宏大、身临其境的视听效果，给人以震撼。与深圳世界之窗、杭州宋城、山东曲阜孔子等大型表演很相似，只不过展示的时代内容不同罢了。

　　承德与大多数城市一样，经历了起起伏伏的历史变革。以个人理解有三个时期最为辉煌：一是清朝中期。有"一个山庄，半部清史"之说。应该说这个说法是贴切的。清朝共12个皇帝，与避暑山庄兴衰相伴的有6个。康熙、雍正、乾隆时兴，嘉庆、道光、咸丰时衰，嘉庆、咸丰在此驾崩。6个皇帝主持朝政的时间一半在京城，一半在山庄。二是民国和新中国成立初期是热河省的省会，辖河北、辽宁、内蒙古的部分区域。由于避暑山庄的热水泉与武烈河相通，冬季时武烈河水热气腾腾，云雾缭绕，弥漫大半个城区，故称"热河"。三是现在的承德。虽然是个地级市，但区域扩大了三四倍。原老城区改为双桥区，新城区在双桥区西30公里处，取名双滦区，比老城更现代更时尚，双桥区南面还有个开发区，已建设得初具规模。现在的承德处于最好的发展时期。另外，承德的饸饹面、宫廷贡品驴打滚、玫瑰花饼、平泉羊汤、满族八大碗等著名小吃，也是很诱人的。

　　这是第三次进承德，行程又是2000多公里。两人相伴，不紧不慢，

《康熙盛典》演出现场

算不上逍遥，倒也自在……现在看，朋友相约活动，还是有集中，也有分散为好。这样，既有小聚时的欢畅，也有独处时的宁静。我常想，祖国的秀美河山有多少等着我们去游览？各地的风味小吃又有多少等着我们去品尝？所以，挤点时间，尽可能多地体验体验祖国各地的风土人情、饮食文化，还是很必要的。

2021 年 6 月 25 日晚写于承德双桥

野三坡三日

景点石刻

　　对于野三坡、百里峡风景区，起初是通过高速路指示牌知晓的。路过的次数多了，游览愿望也强烈起来。这次到河北，尽管绕路，也要了却心愿。我们下午两点从承德动身，走大广高速、首都环线进百里峡大道，一口气赶了400公里，傍晚前抵达野三坡。正是：阳光不问赶路急，功夫不负有心人。

　　原以为野三坡和百里峡是相近的两个景点。来到才知道，野三坡是河北省涞水县的一个镇，位于太行山和燕山两座山脉的交汇处，百里峡在野三坡镇的苟各庄村。经过30多年的配套建设，沿景区周边拒马河两岸开设的宾馆、酒店已有几百家，每年夏天这里游人如织，生意兴隆。野三坡晚上特别热闹。晚餐前后，我们两次沿河散步，欣赏夜景，熟悉环境。

　　游览百里峡是到野三坡的第二天。由于所住酒店距东门很近，于是直接乘索道上到东门，进入景区是一个山洞通道，洞内一下子凉爽起来。出来山洞便是水帘洞景点。可能是天热少雨的缘故，水帘洞既无水、更无帘。

怡心瀑

人造景观很美，如有潺潺水流，对此景点看法会有天壤之别。不过，峡谷内的湿度很大，两侧山体和地面湿漉漉的。

从水帘洞顺时针前行，两侧山谷如刀削斧劈，直上直下，穿行其中，感觉阴森森、凉飕飕的，抬头仰望，只见山体空隙间的蓝天，不见照射的阳光。奇石兀立，花草满山，山间若没有游人往来和欢畅嬉闹的回音，心生恐惧是很自然的。走过谷坡陡峭的"嶂谷"、弧型悬崖的"不见天"，来到了回音壁。回音壁就是路旁山石的一个凹洞，用手拍打，嗡嗡作响，似有空隙，贴近喊话，回音很是浑厚。我们来到怡心瀑。眼前的瀑布水面不宽，但落差很大。奇山与飞瀑共舞，一静一动，静得优雅，动得飘逸。游客赏景，拍照，流连忘返。

擎天柱是途中又一个比较峻美的景点。一柱巨石在翠绿的山林中矗立拔起，很是神奇。虽然不是特粗，"擎天"的力量还是有的。走过一段栈道，便来到天亭。这是一片比较宽阔的休闲场所，位置恰好在"十悬峡"和"海棠峪"两条峡谷的结合部。在此休息或乘坐缆车都极为便利。

回首观音石

　　"回首观音"是百里峡的著名景点，若不是朋友引路，险些错过。观看"观音"的最佳位置是路边青石铺筑的平台上。两山间的空隙如同敞开的房门，一块山石如观音菩萨再现凡间，身体虚依门框向前平视，左侧面清晰可见。观音菩萨站姿优美，婉约贤淑，亭亭玉立，惟妙惟肖，既像迎客，也似观望。此等景致，非百里峡可见！

　　告别观音菩萨，顺山谷间的曲折小路继续北上，途经"嶂谷雏形""曲径通幽""一线天"和"石洞"等景点，这些名称都是根据峡谷地形地貌形象概括的。

　　"叠瀑洞天"是此次游览百里峡最后也是最大的景点。"叠瀑洞天"山间自然回转，地势低洼，山水汇集。此处山势凹凸不平，错落有致，山体缝隙中渗出水珠，有的从高空滴落，有的形成水流，飞瀑层层，沟潭叠叠。

叠瀑洞天

拒马河娱乐区

游人至此，心旷神怡。这大概就是"纵情山水"，追求"清净舒心"的理想之地吧！

第三天游览轻松了许多，半天休息，半天游览拒马河娱乐区。拒马河流经野三坡，两岸群峰林立，河水潺潺。沿拒马河游览，探险项目很全，蹦极、缆车、滑草、跳伞、竹筏、快艇等应有尽有。

野三坡小住三日值得选择。百里峡风景有其独到之处，特别在炎热的夏天来，这里凉爽、惬意，"度假旅游好去处，河北涞水野三坡"。

2021 年 6 月 29 日晚写于涞水野三坡拒马河畔

寻找记忆

太平角一隅

老岳母（1931年生人）今年90岁，随我们来青岛避暑已经8天了。她由于去年年底摔了一跤，住院3个月，总体恢复不错，但语言和反应能力明显不如住院以前了……

来岛城前，我还是有顾虑的，总是担心路远她能否承受得了。不知是沿途风景分散了她的注意力，还是一路欢声笑语使她忘却了疲劳，从小区车库出门到青岛驻地三个半小时的车程，竟然连服务区都没停！看到她精神这样好，我悬着的一颗心总算落了地。初到的几天，除了安排好她的饮食起居，就是打扫院落、整理卫生，当然有些劳作是按照老太太的"意见"

进行的。天气凉爽的时候，也带她到智力岛、英派斯全民健身中心等地方转转，可能是记忆力的减退，也可能是高新区的变化太快，前两年来过的地方，她老人家几乎没有多少印象了……

为了帮她找回对青岛的记忆，我们今天特意带她到岛城有代表性的景点进行了游览。我们通过胶州湾跨海大桥，走新冠高架桥，过青岛港、青岛站，来到栈桥。其实，老太太来过青岛多次，对栈桥也是熟悉的，看到栈桥上人山人海的场景，我们只能走马观花了。沿鲁迅公园一路东行，游览水族馆、八大关、太平角。在海边木栈道上推着她近距离亲近了大海……老人家执意要站在护栏的台阶上看海，大家只好扶她上去。"满眼生机转化钧，天工人巧日争新"，那一刻她仿佛又年轻了许多，从高兴的眼神里可以看出，她一定是特希望得到大家的赞许……离开太平角继续向东，出现在眼前的是一派高楼林立现代都市的景致，老人家对青岛的变化赞不绝口！

绕过五四广场和奥帆基地已近中午，我们便来到东方饭店早茶店吃中午茶。除了点适合老人家吃的松软食品，因知道她愿意吃甜食，又点了我认为是东方早茶最拿手的流沙包，她也确实吃得津津有味……

我想，为了让老人家对青岛的记忆更深，计划再带她到周边的澜湾艺术公园、海月湖、葫芦巷主题公园、少海湿地等新景点多走走、多看看。

鲁迅公园凉亭

青岛水族馆外景

毕竟老人开心快乐，是我们力所能及的，也是责任所在……

今年是"两个一百年"中的第一个——建党一百年。现在党又带领全国人民开启新的征程，为第二个一百年而奋斗。到建国一百年，我刚好89岁，已到耄耋之年。我想，到那时，若能像现在的老岳母一样，寻找国家由小康到富强的记忆，应该是这一生多么大的幸事啊！

2021 年 7 月 15 日晚写于青岛蓝岸

故乡情·海草房

东楮岛观海亭

　　荣成市，地处山东半岛最东端，北、东、南三面濒临黄海，海岸线长达 491.9 公里，面积 1526 平方公里。

　　早在新石器时代，荣成就有人类聚居。据史书记载，秦始皇先后两次来荣筑桥立祠、观海祀日，汉武帝也曾前来拜日主。荣成市被评为 2019 年度全国综合实力百强县市；入选 2019 年度全国新型城镇化质量百强县市、全国营商环境百强县；2020 年被评为山东省四星级新型智慧城市建设预试点城市、中国夏季休闲百佳县市；2020 年 10 月 20 日，被评为全国双拥模范城（县）。

　　近几年三次来荣成，几乎是每两年一次：第一次是 2017 年夏天，休年假环海自驾游，经莱州、龙口、蓬莱、长岛、烟台、养马岛、威海进入荣成，先后游览了那香海、西霞口、成山头、天鹅湖、海滨公园、石岛渔场、大渔岛等景点；第二次是 2019 年国庆节受朋友相约，先后参观了靖海集团的海洋养殖、造船厂、水产加工等项目，参观了谷牧故居，游览了

荣成东钱家村

赤山大佛、东楮岛等景区；今年夏天是第三次，主要游览东楮岛全境、爱莲岛浴场和海洋牧场、樱花湖、桑沟湾湿地公园等景点，参观以宁津街道的东钱家、镇铏岛诸村为代表的社会主义新农村。

"君自故乡来，应知故乡事。"我认为荣成最值得欣赏和回味的应该就是海草房了。海草房可以说是世界上最具代表性的生态民居之一。以石为墙，海草为顶，冬暖夏凉，百年不腐，这样的海草房，被认为是最具胶东民居特色的威海老房子。据考证，从宋代开始这里的渔村就开始用海草做房顶，至今已有 1000 多年的历史，被认为是最有原生态和海味的胶东半岛民居。现如今的海草房呈现出两极分化的特点：原始村落的海草房，或老人住或闲置，而且年久失修，日渐破旧；新建的海草房一般是高档宾馆或民宿，也有的作为就餐会所。之所以经常来荣成欣赏美景、品尝海鲜，主要还是得益于夫人的故乡情结。每逢来到荣成地界，特别是来到东钱家村，总能勾起她儿时回乡探亲的记忆……对于她儿时故乡的故事，听得多了我也能说出一二，这大概就是"耳熟能详"的原本要义吧！

我常想，她又不是土生土长的本地人，哪儿来的如此浓厚乡情？唯一能够解释的就是根植于内心血缘、地缘的缘故，还有那难以忘怀的海草房。

2021 年 8 月 5 日晚写于荣成恒大御海半岛

情人坝上的晚餐

　　情人坝，其实就是青岛奥帆中心外围的防护堤，坝名起得很浪漫，想必是有典故来历的。情人坝是看景的绝佳位置，向南辽阔的海面尽收眼底，向北林立的楼宇一览无余。遇见创意法餐厅、鲜鱼汤米线、海鲜音乐餐吧、蛋蛋烤鱼、小螺号海鲜、斟致生活音乐餐厅等林林总总的中西特色餐厅汇集在大坝上。每个餐厅或明或暗地透露出迷人的灯光，诱人食欲的暗示，让途经者心知肚明……

　　这里是年轻人聚集的地方，温馨、浪漫、时尚、现代的环境是他们的理想场所。当然，中老年人参加家庭聚会的居多，单独游玩的也有，只是人数少些罢了。

情人坝夜景

五四广场灯光秀

　　我想，在此逗留的中老年人，应该都是重情重义的，回顾从前的，憧憬未来的，也有触景生情的……

　　"择日不如撞日"，今天是个好日子。我们是中午到青岛国际会议中心参加一对新人婚礼，看到奥帆基地建设得如此优美，便萌发了留下深度游览的想法。下午游览了燕岛公园，沿海堤栈道漫步西行，夜幕降临前已环视了情人坝全貌，被它特有的魅力深深吸引了。至此，即使有再多逃离的理由，都是徒劳的，美丽需要欣赏、需要赞美、需要细细品味……不能观赏即将来临的迷人夜景也是令人遗憾的。于是，我们来到蒸汽一甄鲜小厨，找个位子坐了下来……餐厅的灯光很强，如同白昼，在轻轻乐声的陪伴下，侧耳细听着海水撞击堤坝的浪花声；在微微海风的吹拂中，注目观赏着岸边楼宇汇集的灯光秀。是环境过于优美，还是佳肴值得回味？总之，用餐节奏比平时缓慢了许多，就餐结束以后竟然还在此坐了良久……离去时，与夫人只有会心地淡淡一笑。

　　"灯火万家城四畔，星河一道水中央。"在美好时光里静坐，也是惬意的，况且平添了一次可作回忆的浪漫晚餐……

2021 年 8 月 28 日晚写于青岛奥帆中心情人坝

智力岛上话智力

　　位于青岛高新技术产业开发区（高新区）中央的智力岛，是一个东西长约 5 公里，南北宽约 4 公里的椭圆形区域。该区域秉承高起点规划、高标准建设、高质量服务、高效率运行的理念，以融合自然的空间模式，建设了一个水系环绕、绿树成荫、景色优美、生态良好的科技创新之岛，总面积 20 多平方公里。

　　高新区是 1992 年 5 月经国务院批准设立的国家级高新区。2000 年被认定为国家高新技术产品出口基地。2001 年被评为国家级先进高新技术产业开发区。2002 年被认定为国家火炬计划软件产业基地和大学科技园区。其实，坐落在红岛的整个高新区的开发就是以智力岛为中心，向四周以放射状逐次展开的，现在已经形成了胶州湾北部园区规划面积约 66 平方公里的经济区。2016 年，高新区获批山东半岛国家自主创新示范区。经过这些年的精心打造，这里经济总量每年成倍增长，已经成为青岛经济

智力岛景区

中科青岛研发城　　　　　　　　　　　　　　　　青岛国际机器人中心外景

腾飞的新引擎……

在智力岛办公，环境应该是一流的，充分体现了青岛市招才引智的工作水平。一个城市如果没有高科技创新项目落地、不能聚集高精尖人才创业，要想提高竞争力，无疑是困难的。青岛 GDP 之所以在山东第一，在全国排名靠前，与其重视人才不无关系。在智力岛正在进行的智力聚集，是一个系统工程，一蹴而就不行，一劳永逸更不行，需要有一个与时俱进、相对科学完善的政策、制度和工作体系，而且要一以贯之地抓好落实……

智力岛的名字起得好，这里汇集的高科技、创新研发机构和高校院所也足够多，不仅国内顶尖企业相继落户，国际知名公司也陆续进驻，智力岛上有智力，名副其实。来到智力岛，一般人并没有进岛的感觉，因为陆地交通四通八达，细心的人可能会看到周围水系发达了许多，水边草树美化井然有序。这里既与苏州独墅湖、金鸡湖畔工业园区的风格有同工异曲的韵味，也与天津濒临渤海滨海新区的格调一样，有着现代城市的气魄。

"宝剑锋从磨砺出，梅花香自苦寒来。"智力岛区域是有限的，智力岛上的智力是无限的，而且不同凡响。愿智力岛在青岛经济社会发展中发挥越来越重要的作用，展现出更加神奇的魄力、魔力和魅力……

2021 年 9 月 2 日晚写于红岛家中

霸道小串

受朋友相邀到霸道小串小聚，地点是市北区辽源路 228 号，有人请客自然是愉快的。前几年来青岛也到霸道小串吃过几回，感觉好极了！这次受邀之所以爽快，与霸道小串超凡的诱惑力是分不开的。

在霸道小串用餐，用句通俗直白的话说，就是烧着火锅撸串儿。说到火锅，史学家认为，火锅起源年代久远，是伴随着金属和陶瓷制品的进化演变逐渐完善的，明清开始兴盛，新时代更增添了新的活力。火锅类型很多，最有代表性的当数老北京火锅和重庆火锅。

从巴蜀料理看霸道小串，属于重庆火锅。但霸道小串还吸收了老北京火锅清汤、麻酱的配料，采取了自助方便的形式，使竹串食材与火锅自然融为一体。

霸道小串属平民化餐厅，不适合商业宴请和高规格接待。"绿蚁新醅

餐厅一角

酒，红泥小火炉。"来此就餐的大都以家庭、老熟人和青年人为主，由于用餐者知根知底，没有客套，上桌就是单刀直入，短兵相接，热烈的气氛瞬间燃爆……我国百姓对火锅的喜好，有"地不分南北，吃不分东西"的蔓延趋势……

鸳鸯火锅

霸道小串取餐是两种自助：一是签子类，肉签如牛肉、猪肉、蹄筋、鸡肉、鸡翅、火腿等，素签如蘑菇、南瓜、冬瓜、茼蒿、菜花、菠菜等；二是瓷盘类，如虾滑、土豆片、藕片、鸭血、笋干等不适合穿签的。店主说，这样区别便于结账。来霸道小串的还是吃肉人多，由于串儿小，一般人都能吃上百儿八十串儿，能吃的也有二百以上的，再配上几两白酒和相当数量的啤酒，一顿胡吃海喝，超量是一定的。"围炉聚炊欢呼处，百味消融小釜中。"在火锅的辣、室温的高、白酒的烈的共同作用下，整个用餐是在热腾腾的气氛中度过的，有腾云驾雾的感觉，吃肉、喝酒不在话下，尽显自然和豪爽……由于麻辣太冲，眼泪直流，喷嚏连连，很是痛快，不知不觉汗水也浸透了衣衫，餐纸用了一堆……

时间过得飞快，小聚总有时限。朋友结账时，我们到店外透透气。秋天的青岛，早晚已经很凉了，不一会儿豆大的汗珠儿没了踪影。我寻思着，霸道小串凭什么如此火爆？一个小小的火锅店，开得红红火火，没吃的想吃，吃过的还想，其本身就有点蛮不讲理的"霸道"了。

2021年9月4日晚写于青岛蓝岸

老爷子

一位老人的背影

"老爷子啊，买点啥？"这是昨天早晨去红岛肖家赶大集时，一个水果摊的摊主热情向我打招呼时的称谓。出于对人家诚挚推销的回馈，我只好欠下身来，选购了葡萄、桃、香蕉和半块西瓜……

"老爷子"是有生以来第一次有人用这样的称呼同我讲话。两天来，"老爷子"的青岛方言又多次在耳边响起……不禁暗自寻思：我有这么老吗？若不是老态龙钟，人家是不会称呼"老爷子"的。即便不是步履蹒跚，起码已有了老年人的举止与神态。

但不管怎样，对苍老过快有些始料不及，也确实有些不怎么服气，于是找来一组"老爷子卡通像"进行比对。真是"不比不知道，一比吓一跳"。看来，这个称呼不是空穴来风，起码有这样几点比较吻合：一是毛须见白；二是皱纹深刻；三是话语缓慢；四是衣衫显旧。其实，还有最重要的一条，就是基本秃顶。由于平时戴顶 Jeep 帽，摊主小伙儿与我素昧平生，估计他肯定看不出来我的发型，故最重要的标志没有被列入其中。

　　凡事都有开头，"春来春去催人老，老夫争肯输年少"。我想，接下来"老爷子"的称呼，会有第二次、第三次……，以后会成为常态。自己的心态也会由诧异，转为接受，进而转为习惯。这大概就是与所谓的"装嫩""卖萌"等名词决裂的分水岭了。

　　其实，"老爷子"的称谓，在普通百姓中是惯用的非常亲切的称呼，是一种平淡生活中的尊敬。人到了一定年纪，受用一下感觉应该还是蛮好的，至于能够享用多久，就要看自己的造化了……

2021 年 9 月 9 日上午写于红岛家中

翡翠谷

翡翠谷山景

　　出于对徽州文化和徽派艺术的喜爱与好奇，应老友相约，中秋节一过，便启程前往安徽。黄山是我们皖南之行的第一站，在到达黄山北站的下午就直奔汤口了。稍事休息，便驱车沿山深公路来到黄山脚下的翡翠谷景区。

　　翡翠谷是最有代表性的小众景点之一。翡翠谷又叫"彩池群"，也叫"情人谷"，被联合国教科文组织列入"世界遗产名录"，峡谷不是很长，分布着形态各异、大小不同的翡翠池群。据说，电影《卧虎藏龙》在此拍摄放映后，慕名而来的游客络绎不绝……彩池景色随时段、云层变幻以及太阳光照角度的不同，或晶莹或剔透，变化万千，色彩斑斓，宛如一颗颗翡翠镶嵌峡谷中。山谷中美轮美奂，增添了梦幻视觉，充满了浪漫情调，情人前来游览的居多，"情人谷"冠名便进一步做实。

花镜池

经过六七公里山谷的漫步往返，除了多彩水池和宜人景色，给我印象深刻的还有苍劲挺拔的一片片毛竹，一团一簇的翠绿，也如同翡翠，遍布在山峦之间，与蓝天白云交相辉映，形成了一幅幅秀美画卷，令人赞叹，让人欣喜……

黄山，我在 2014 年八九月间曾经游览一次，印象还是有的。听说，在那之后黄山西侧又开辟了更加秀美的西海峡谷，可以从更多的角度观看黄山。"飞瀑倒悬清洒雪，层峦远耸翠摩空。"我想，翡翠谷景区就如此之美，著名的黄山景区这些年能变化得怎样俊俏，真是不敢想象了……

2021 年 9 月 22 日晚上写于黄山汤口

登黄山

迎客松

　　今天实实在在在黄山游览了整整一天。我们早晨7点钟出发，从南门进山，绕到索道玉泉站，登上缆车直奔玉屏峰，这里名人石刻比较集中，有朱（德）老总的"风景如画"，有张大千的"黄山第一处"等，迎客松、送客松、石象等著名景点在此汇集。原以为有索道，游览黄山不会有多大困难。但实际上从玉屏峰到丹霞索道站，还有八九公里路程，而且行走的高低落差较大，部分地段相当险峻，是需要耗费些力气的。"开弓没有回头箭"，我们拾级而上，特别是从鳌鱼洞到一线天的路程相当陡峭，攀爬时几乎手脚并用，以至于登山前聚集的能量消耗殆尽。当爬上鳌鱼背金龟山梁的时候，大家还是兴奋的，因为这里与黄山的主要景点天都峰、莲花峰几乎是在一条平行线上，光明顶近在咫尺，看其他山顶一览无余。

　　黄山精华在西海大峡谷。为了一睹大峡谷的特有景致，我们体验了一把从垂直近70℃的天海站到排云溪站的观光缆车，近距离观看了神农采药、徽州女人等自然形成的惟妙惟肖的奇石造型。到白云宾馆用过午餐后，

飞来石

虽然能量得到补充，但身体已疲惫至极。尽管有飞来石、西海峰峦美景的召唤，下山时仍感觉已经艰难了许多。在边拍摄美景边克服困难的行程中，终于到达了丹霞站。从丹霞站到松谷庵站的缆车之行有些扣人心弦，对黄山的险峻与壮观，感受也更加深刻了。

黄山，既有泰山的雄伟，又多了一份婉约；既有华山的险峻，又多了一些靓丽；既有衡山的云霭，又多了一份神秘；既有娥媚的灵秀，又多了一份凝重；既有庐山瀑布的洒脱，又多了一份飘逸……这大概就是"五岳归来不看山，黄山归来不看岳""黄山是天下第一奇山"美誉的缘由吧！

在众多赞美黄山的诗句中，我更喜欢清代魏源的"峰奇石奇松更奇，

莲花峰、天都峰

云飞水飞山亦飞。华山忽向江南峙，十丈花开一万围"。因为他更加写实，少了深沉，多了直观；少了静止，多了动感。对普通大众的认知归纳得更加贴切、更加形象……

在两次游历中，笔者认为完整表述黄山，起码要包括三个方面：一是群山本意，即综上所述山体自然特质的反映。二是地域概念。黄山1987年建市，几乎管辖了原徽州的全部区域。2008年国家为保护和弘扬古徽州文化和徽派艺术，将黄山市全部、安徽宣城绩溪、江西省上饶市的婺源划为徽州文化保护区。三是品牌价值。就国内而言，说到黄山是安徽；就国际而言，说到黄山是中国。这是由黄山的地位和知名度决定的。

难怪《我的中国心》一经传唱，在国人心中即刻引起强烈共鸣，因为它代表了大家热爱祖国壮美山河的真挚情感："长江，长城，黄山，黄河，在我胸中重千斤。无论何时，无论何地，心中一样亲！"

2021年9月23日晚记于黄山汤口

天柱·九华留遗憾

安徽南部山峦绵延，名山众多，其中"天下第一奇山"黄山、"中国佛教四大名山"之一九华山、"地球的泄密者"天柱山位居前三，统称为"安徽三大名山"。我们是带着欣赏黄山秀丽美景之后的兴致，来游览天柱山和九华山的。

天柱山位于长江北岸、潜山市境内。由于攀登黄山的劳顿尚未消除，缆车上到山腰时，同行好友与我商量："老兄，上山有三个选择：一是菜鸟级，还要爬山四小时；二是运动级，爬六至八小时；三是健将级，爬八小时以上。"我一听，当场崩溃，直接认怂："菜鸟吧。"我们从振衣岗始，向古南岳亭、观景台进发，一路是青石台阶，还算好走。象鼻石的造型非常独特，如同一只真象停靠路旁，能工巧匠的精细雕琢也不过如此。

象鼻石

当我们到达通天谷时，脚下的石阶开始陡峭起来，山上的景色已经完全不同了。刚才沿途还是松柏陪伴左右，转瞬身边已是怪石嶙峋了。神秘峡谷里有形态各异的洞穴，洞连洞，洞套洞，有石梯，有石栏。穿过石洞群，是观景平

天柱山景区

台高隐亭，在蔚蓝天空下看形态各异的奇石，妙趣横生：有的像乌龟，有的像海豚，有的像松鼠，有的像玉兔，这些动物光滑圆润的脊背，都是大自然的奇石造型。

过了高隐亭，就是逍遥宫。所谓"宫"，就是一个较大的石洞。一块巨石上面，刻有唐代诗人白居易《题天柱峰》："太微星斗拱琼宫，圣祖琳宫镇九垓。天柱一峰擎日月，洞门千仞锁云雷。玉光白橘相争秀，金翠佳莲蕊斗开。时访左慈高隐处，紫清仙鹤认巢来。"在逍遥宫上方不远石洞中，有一处"上善若水"的水源，与之相伴的是一片黄松林。松石相映，千姿百态，是天柱山主峰景区的一大特色。黄山松生命力极强，在严寒、干旱、贫瘠、强风、暴雪严酷环境中挺拔屹立。每块山石秀丽之处，亦是奇松斗艳之地。

再往上攀登，便是福地洞天，越上越险，穿过石洞的名称分别是"龙宫""迷宫""天宫"。天宫一侧的山景叫"三月鸟"，一眼望去，巨崖腰间树丛中，一块巨石隐窝其间，似恋窝之鸟，又似灰鸽抱窝，俗称"鸽子下蛋"。

天池峰是离天柱峰最近的山梁。从观景台望去，北边的天柱峰主峰，拔地而起，青石光滑，纹络清晰，异常壮观。宋代王宗贤有诗赞："擎天一柱出群峰，时见真仙隐化中。瑞应中都成福地，伯元主宰有神功。"南边山上的风动石，犹如巨龟匍匐，只有声响，不见蠕动。

当听说，到达近在眼前的主峰还有四公里时，我们无奈折返了。途中景点有天柱松、擂鼓石、古炮台、总关寨。由于未能登上天柱山主峰，下山观景有些随意，因为心中留有遗憾。

九华山位于长江南岸，在青阳县境内。登九华山是在次日的上午。清晨出发时，天气尚好，车沿山路曲折上行时，大雾已经弥漫开来，我们调侃道："刚好赶上沾沾仙气！"当车子在天池寺大雄宝殿路边停妥时，雾气的能见度已不足10米。"暮风飘送当轩色，晓雾斜飞入槛烟。"（唐郭夔诗《九华山》）我们切实领略到了九华山的气候多变。有香客介绍说，九华一半晴天一半雾，夏秋交季雾天还要多些。尽管购买的票是三天有效期，我们也只好改变到天台和花台的计划，直接乘索道参观百岁宫。百岁宫门脸很小，名气很大。但宫殿内部很气派，红黄佛学法事的用具一应俱全，一批和尚正在诵经，进香香客络绎不绝。

九华山百岁宫

从百岁宫出来，参观了五百罗汉堂，众罗汉都是黄袍加身，神态各异，面目慈祥，栩栩如生。整个殿堂富丽堂皇。从缆车出口出来不远，便来到著名的化城寺。化城寺是九华山较大的寺庙，不仅规模大，建筑水平高，出家和尚多，而且地理位置居九华山中部。寺前是一个很大的放生池，商业店铺围绕四周，衣食住行非常方便。

为了一睹肉身宝殿的尊容，漫步西行，经过净土庵、长生庵、龙庵等众多尼姑庵。行至弥勒殿时，已精疲力尽，当得知还有400米上山台阶时，又

化城寺外景

无奈折返了。当车行至无量寺时，刚刚燃起的观望念头，又被弥漫的大雾阻止了。

　　皖南名山特点是显著的，由于水资源丰富，绵延群山植被茂盛，山顶奇石形态各异，唯美俊俏。此次游览天柱山和九华山，收获满满，感受至深；既跨越了长江南北，也经历了名山阴晴；既实现了极目远眺，也忍受了大雾障目。体验是立体的、全面的、不可或缺的。两度信心满满，两度无奈折返。虽留小小的遗憾，但丝毫不影响我对天柱山、九华山的由衷赞美。"无可奈何花落去，似曾相识燕归来"……

　　　　　　　　　　　　　　2021 年 9 月 25 日晚写于青阳维也纳酒店

木坑竹海

木坑竹海正门

木坑竹海是自驾从黄山风景区到宏村的必经之地，也是我们游览黟县的第一站。实地游览后揭开了木坑竹海的神秘面纱：木坑竹海坐落在黟县宏村镇星光村村南。当地将山坳中的村庄俗称为"坑"，如黄梓坑、平坑、牛坑、张坑、岩坑等等。星光村南面山峦中部有一条约六公里纵深的大峡谷，叫木坑。山谷中密密麻麻长满了毛竹，翠绿挺拔，郁郁葱葱。微风吹来，谷中翠竹随风摆动，犹如波涛汹涌的绿色海洋，很是壮观。因此，木坑竹海也叫"滴翠谷"，是黄山入黟第一寨。

从北门进入景区，在山门长廊上方是两山之间飞架的一条玻璃栈道，正对面是山水顺流下来聚集形成的"秀女湖"。沿湖东侧拾级而上依次越过揽胜桥、凝香桥、会元桥，游览了竹文化园地、如意池，进入竹林深处是一段比较陡峭的好汉坡。爬坡需要耗费些力气，尽管身上微微散发着热气，但在阴凉的竹林中穿行，倒不感觉多么闷热。再向前是一片民宿区，据说此地是真正意义上的"木坑村"。由于村子住户不多，为适应旅游业兴旺的变化，基本改做了民宿，大户能容纳一二十家游

园区挑妇

客，小户也能住下三到五家，整个村子统称"竹海人家"。

"宁可食无肉，不可居无竹。无肉令人瘦，无竹令人俗。"宋朝大诗人苏东坡的一首《於潜僧绿筠轩》诗放在木坑竹海是再贴切不过了。据史载，苏东坡并非以竹之雅而排斥吃肉，"瘦后因他瘦，黄州好猪肉"，他不但喜欢吃"东坡肉"，还喜欢竹笋烧肉。如今从"竹海人家"食用竹方面看，竹笋和竹荪（寄生在枯竹根部的一种隐花菌类，营养价值很高）是招待游人的美味山珍，与各类肉制品搭配烧制的佳肴品种繁多。先秦文献记载，3000多年前的竹笋就是席上珍馔，竹笋以嫩脆鲜美的风味受人青睐，可烹饪数千种美味佳食。竹营养丰富，香味浓郁，滋味鲜美，尤其是竹荪最受喜爱。人们还以竹米酿酒，味清醇甘洌。用竹筒盛酒，酒中渗透了丝丝竹的芬芳。竹是历代救荒的重要作物原料。竹还具有特别的医用价值，明代大药学家李时珍在《本草纲目》中记载了堇竹、淡竹、苦竹的药用价值。竹的全身都是宝，叶、实、根及茎秆加工制成的竹茹、竹沥，都是疗疾效果显著的药用材料，竹黄、竹荪也是治病的良药。

西海长廊的老爷树旁便是电影《卧虎藏龙》剧组的工作地，从留佳亭到观景台一条索道横跨竹海上空，影片男女主人翁在随风飘摇的翠绿竹梢上，半空飞舞、辗转腾挪、行云流水的打斗场景就是在此拍摄的。如今，若想体验一下穿越林海的感受也是可以的，由于过于惊险，游客大都望而止步。木坑以竹海而著名。此地游客不多，适合安静、陶冶情操的游人小住：雨后观景，翠竹深处，白云人家；晴观日出，犹如云海，翠浪波涛；饮茶赏月，对酒当歌，似入人间仙境。

木坑竹海爱晚亭

秀女湖景区

　　顺西海长廊继续前行仍是遮天蔽日的竹林通道，过了爱晚亭后，来到西海云梯，下山的路瞬间又陡峭起来，这段路比好汉坡要险峻许多，不仅坡度大，而且路窄、距离长。一眼望去，山路蜿蜒曲折，翠竹青草的芬芳直沁心脾，身旁山体的渗水汇聚成了涓涓细流，阳光透过竹叶一缕缕照射下来，忽明忽暗，既有色彩的斑斓，也有雾气的环绕，轻盈爽快、欲醉似仙的飘逸油然而生。

　　木坑竹海的主色调就是一个字——"绿"，绿得晶莹，绿得清澈，绿得令人心旷神怡。这里既有鲜艳的草地绿，也有泛青的苹果绿；既有透明的水晶绿，也有深沉的橄榄绿；既有迷人的孔雀绿，也有醒目的松石绿。绿色代表着清新、宁静和自然，绿色也代表着生机、青春和希望。

　　对绿色认知的升华，是游览木坑竹海的意外收获……

2021 年 9 月 26 日中午写于黟县希岸酒店

宏村印象

　　一个古村落被列入世界文化遗产名录，在我国以农耕为主的上万个普通农村中是难得的。尽快一睹她的芳容，是近年来的强烈愿望。

　　尽管提前做过攻略，但当已经走在宏村南湖外围的石路上，还是被映入眼帘的靓丽村貌深深震撼了：村子周围群山环绕，村子前面有个偌大南湖，湖光山色，典型的徽派建筑群倒映湖中，加上蓝天白云的伴衬，再优美的国画、油画在这样的景色面前，绝对是逊色的。"青山不墨千秋画，绿水无弦万古琴。"宏村获得"中国画里的乡村"美誉当之无愧！

　　我们是沿湖由西向北顺时针方向行走的，在西头村口有一棵几百年的参天红杨树，它见证了宏村的变迁，如今古风犹存。由于宏村被评为世界

宏村外景

文化遗产，如今整个村落成了一个繁华的旅游聚集地，使得古徽州文化焕发出勃勃生机，游人如织，画画写生的学生遍布整个景区。

到宏村已是晌午，我们来到缘来聚饭庄就餐，品尝了徽菜毛豆腐、宏村笋干炒肉、一品锅、梅干菜排骨、炸年糕等。接下来，我们游览了月沼周边的明代祠堂汪家乐叙堂、宏村水圳、汪家酒坊，参观了承志堂、南湖书院等建筑。

尽管对于宏村的游览是匆忙的，认识也片面肤浅，但有几点已经留下深深的印象：一是地形地貌优越独特。因为不是单纯自然形成的村落，它的选址有如此水平，不是常人所为，达不到天文、地理、易学、建筑、水利的知识储备，不具有相当雄厚经济实力，没有为族人、乡人做实事的境界和德行，是不会形成宏村现在规模的；二是高超的给排水系统。村子的街道是狭窄的，从上游经过的水流非常清澈，与月沼、南湖汇流是一个完整的给排水系统，流向下游的奇墅湖；三是徽派建筑的整体美观。建筑材料为砖、木、石结构，以木为主，马头墙、小灰瓦特色显著，以木刻、砖刻、石刻做工精细程度划分阶层的宅院也比较醒目。唯一相同的是低调，大家都走一条小巷，大户人家不显山不露水；四

宏村街景

月沼景区

是当地民风非常淳朴。无论是就餐购物，还是歇脚问路，宏村人都是热情待客，童叟无欺，体现的是热情和坦诚；五是重视道德教育和培养。无论是家庭对联、祖传祖训，还是南湖书院的启蒙教育和道德培养，都注重了道德为先、克勤克俭的育人理念。

徽州文化在宏村的代代传承和发扬光大是其魅力所在，也是吸引八方游客的魔力所在……

2021 年 9 月 26 日晚写于黟县希岸酒店

西递游记

明经湖景区

黄山市黟县境内有两个列入世界文化遗产名录的古村，西递是其中之一。西递古村始建于北宋，明清达到鼎盛，素有"明清古民居博物馆""桃花源里人家"等美誉。

西递入口处与宏村相似，也是一片偌大的水域，这片水域叫"明经湖"。原以为两地风格雷同，而当地人告诉我们说："宏村大户人家姓汪，西递姓胡。到宏村看水，来西递看建筑。西递建筑鼎盛时期主要是明清，当时徽商在外经商富裕了，回西递攀比建房，奠定了现在的规模。"

沿湖北上进村，首先看到的是一个牌坊，据说也是胡姓大户兴建的，相当气派，现在已成为西递古村的主要标志之一；在此左手边是一个院落有四层进深、徽派建筑风格的学校，规模宏大、整洁美观，西递重视教育的传统由此可见一斑；在学校旁边是一个绣楼，装修得挺喜庆，花轿、抬杆等道具一应俱全，完全是按照迎接新娘的标准摆设的；接下来，我们相继参观了追慕堂、惇仁堂、敬爱堂等门面较大的建筑。说来也巧，建筑面积较大、规格较高的一般都是胡姓人家的。西递建筑不招虫蛀，没有蜘蛛，燕子和家雀不做窝，何故？是因为木雕及木制材料为银杏、杉木、香樟和金丝楠。

敬爱堂是西递最大的建筑，明代建造，清朝进行过翻修，记述了胡氏家族落户西递的全部历史。一个家族的兴衰与家风是密切相关的，胡氏祖训这样写道："读书，起家之本；勤俭，治家之源；和顺，齐家之风；谨慎，保家之气；忠孝，传家之方。竭忠尽孝，谓之人；治国经邦，谓之学；安危定变，谓之材；经天纬地，谓之度；万物一体，谓之仁。"有这样晓大义、明世理家规家训的教育，胡氏家族长盛不衰就不足为奇了……

在西递参观，所有建筑，不管大小，都是免费的，不管是经营区还是生活区，主人都会热情介绍。这应该是西递的一个显著特点。另外，我们还游览了膺福堂、西园、履福堂、桃李园、大夫第等一些著名建筑。

晌午寻找就餐饭馆，我们误打误撞闯入"三畏堂"。西递街道的宽窄，是不能弄清门店内部建筑大小的。我们在三畏堂门口，问这里有没有大一点的餐馆。回答是："这里大。"我们将信将疑，跟着进来一看，果然不错。

敬爱堂

就餐结束时，才发现"三畏堂"饭庄悬挂着西递排名第一的牌匾。

离开西递前，我们来到瑞玉庭，这是一个比较有特点的清代建筑。主人告诉我们，这是他家祖传的，约有二百年历史，祖上是比较有名的徽商，他现在做黄山石石雕工艺。他的成名作是"知足常乐""蒸蒸日上"。联合国前秘书长安南曾喜欢上一组石刻茶壶工艺品，并以中文和英文提笔留名。我和老友也各自选购了一件留作纪念。瑞玉庭门框"快乐每从辛苦得，便宜多自吃亏来"的楹联，反映了徽商的经营哲学理念。清代诗人曹文植《咏西递》："青山云外深，白屋烟中出。双溪左右环，群木高下密。曲径如弯弓，连墙若比邻。自入桃源来，墟落此第一。"这是对西递的真实写照。

瑞玉庭

西递游览时间虽短，但记忆深刻。因为中华民族的瑰宝在民间、在皖南古村落……

2021 年 9 月 27 日晚写于歙县维也纳宾馆

徽州古城与徽州文化

徽州古城门楼

　　徽州古城位于我国历史文化名城安徽歙县的核心区域,是古徽州府治所在地,中国四大古城之一。

　　歙县始建于公元221年,距今已有2200年的历史,是安徽省历史最久、生态最好,人口最少的县,是徽州文化和徽商的主要发祥地之一。历史上名人荟萃,张小泉、俞正燮、赛金花、黄士陵、舒绣文等均出自于此。徽州古城保存完好的古建筑有徽州府衙、许国石坊、古城墙、斗山街、徽园、黄宾虹纪念馆、陶行知纪念馆、徽班纪念馆以及徽州故事馆等。

　　徽州府衙在古城的西部,其建筑按照明代模式进行了修复,规模宏伟壮观。出东侧阳和门外,便是许国石坊。明万历年,许国公为礼部尚书兼东阁大学士内阁成员,后加封太子太保,授文渊阁大学士。次年,因平乱有功，晋升为少保，封武英殿大学士。相传，许国立功加爵，获准回故乡歙县修建牌坊。但当时许国觉得，民间大多是四脚牌坊，自己再立四脚牌坊难以显示功名，于是，先斩后奏立了一座文渊阁兼武英殿大学士的八脚牌坊。牌坊的建立，彰显了明朝皇帝的器重。

斗山街，因其所依之山形似北斗星状而得名，建于明清时期，街长三百多米，集古民居、古街、古井、古牌坊于一体，浓缩了徽派建筑的特点，以许、汪、杨、王四大家宅为代表，气势不凡、造型古朴、雕饰精致，是古徽商的群居地。

徽园，为古城景区集古牌坊、古民居、古祠堂"徽州古建三绝"之大成，融砖雕、木雕、石雕"徽州三胜"之精髓。砖雕广泛用于门楼、屋檐、屋顶等，木雕主要用于房子内饰和家具，石雕主要用于廊柱、门窗边框、牌坊和神道等。徽州三雕造型精美，做工讲究，经久耐用。整个徽园气势宏大，古朴典雅。"读徽园，就得先读唐、宋、元、明、清的佳句名篇，才能从中发现异曲同工之美，才能领悟博大精深的徽州文化。"同时，徽园又是徽州古城中一片面积很大的商业区，吃住游览非常方便。应该说，这里是体验徽州文化的好去处。

徽州历史博物馆以"天下徽州、遥忆徽州、寻根徽州、秋兴徽州、梦里徽州"五大内容为主线，展示徽州的历史文化渊源，使游客对徽州历史沿革和社会发展有了完整的了解。

徽州文化，一般是指古代徽州一府六县（指徽州府所辖六个县：歙县、黟县、绩溪、婺源、祁门、休宁）文化的总称，它是安徽文化的组成部分（徽州文化、淮河文化、

斗山街街景

大学士牌坊

徽州古城瓮城城门

皖江文化、庐州文化）。我们比较熟悉的主要有徽商、徽州教育、徽州戏曲、新安画派、徽派篆刻、徽派版画、徽派建筑、徽州村落、徽州民俗、徽菜等。徽州文化，涉及经济、社会、教育、艺术、建筑、饮食等各类学科，是徽州社会经济发展的总体概括。

近代徽州文化的代表人物有胡适、许承尧、陶行知、黄宾虹、詹天佑等，他们不仅在各自行业为国家做出了突出贡献，而且自成一派，影响了一代甚至几代人。没有徽班进京，哪来的京剧辉煌？没有新安画派壮大，哪来的国画艺术繁荣？徽州文化的影响事例还有许多⋯⋯

在皖南、黄山旅行的这些日子，当地淳朴的民风给我留下深刻印象：如果说住酒店、就餐为你服务的人员热情、周到，体现的是素质，那么在没有利益关系的情况下，人家给你的所有帮助都是那么无私、那么真诚。

探寻徽州文化，我想起码有以下几点启示：一是创新性。任何文化的生命力在于创新，没有创新，就没有发展，更不能引领；二是传承性。文化的精髓在于凝练、在于继承；三是包容性。文化的先进需要吸收、需要完善；四是大众性。人民群众的广泛认同，是文化从繁荣走向辉煌的根本所在。

2021 年 9 月 28 日中午写于歙县新安江畔

新四军军部旧址——岩寺

新四军组建时的领导人雕塑

中共中央于 1937 年 8 月 22 日在陕北洛川召开政治局扩大会议，指示南方各红军游击队与国民党地方当局谈判，取得合法地位。经国共两党谈判达成一致协议，蒋介石同意将南方 8 省 14 个地区的红军游击队改编为国民革命军陆军新编第四军。1937 年 9 月 28 日，任命叶挺为新四军军长。同年 10 月 12 日，正式公布新四军番号。

岩寺位于徽州盆地中心，地势开阔平坦，芜屯（芜湖至屯溪）公路、杭徽（杭州至徽州）公路在此交会。1938 年春，南方 8 省游击健儿奔赴岩寺集中整编为新四军。岩寺是全国五个重要新四军军部旧址之一。作为

叶挺卧室兼办公室

8 省红军游击健儿的集中、整编地和新四军北上东进的誓师出发地，在我党我军历史上有着特殊的地位。新四军在岩寺的集中整编，完成了由土地革命战争后期的三年游击战争向敌后抗日游击战争的战略转变，发展壮大了革命队伍，提高了部队战斗力，推动了皖南地区的抗日救亡运动。

1938 年 4 月 26 日，叶挺、项英在岩寺鲍家祠堂主持新四军军直机关及 3 个支队排以上干部参加的东进敌后、坚持抗战的誓师大会。会后，军部从 3 个支队中抽集部分战斗骨干，组成 500 人的抗日先遣支队，由粟裕任司令员、钟期光任政治主任，于 4 月 28 日高举抗日大旗从潜口出发，开往前线，揭开了新四军东进北上抗日的序幕……

新四军军部旧址是一个徽派建筑的二层二进式的小楼，叶挺和项英分别在二进房的东、西两侧，军部重要机关分住楼内各屋。副官和警卫部队在岩寺百姓腾出的附近房屋居住。军部下辖的四个支队在周围村镇部署，

岩寺新四军军部旧址

以便于集结和出征。我们在新四军纪念馆新馆和军部旧址，重温了新四军光辉战斗的历史，对为中华民族独立和解放做出重大牺牲的新四军将士更加充满了崇敬和缅怀之情；也更加痛恨背信弃义制造"皖南事变"的国民党反动派！

如今，岩寺新四军军部旧址已成为党史学习教育基地和党风廉政教育基地。大批党员干部和青年学生在此受到教育，大家表示要继承和发扬我党我军的光荣传统，为民族复兴事业贡献力量。在建党 100 周年的时候，我们可以欣慰地告诉当年的新四军将士：国家在先辈奋斗的基础上，迎来了祖国的伟大复兴，文峰塔依然屹立在当年的训练场上，岩寺也被建设得更加美丽了……

2021 年 9 月 28 日晚写于歙县维也纳宾馆

新安江山水画廊印象

新安江山水画廊入口

　　本以为歙县"新安江山水画廊"是一个以中国画为主题的人文景观，来美丽的新安江看看中国画，倒也是一件愉快的事。可谁知，一圈转下来，看到的是完全不同的景致，比我想象的要鲜亮许多！

　　新安江山水画廊是一个构思奇妙的开发旅游项目，乘沿江游船、参观徽州建筑、了解徽州民俗文化、观赏新安江两岸风光，使游客在劳逸结合中度过赏心悦目的美好时光……

九砂民居景色

　　新安江游览画廊船，从深渡镇渡口出发，沿江停靠三个景点：一是九砂民居。这是一个典型的徽州村落。一栋栋灰瓦白墙徽式房屋，后有绿树背景，前有五谷丰登、花卉簇拥，各种农副产品把错落有致的农家院落装点得像童话世界，无论怎样取景，都是美轮美奂的美丽乡村画面。二是九姓捕鱼。相传北宋徽宗二年，押解韩世忠释放陈、钱、林、李、袁、孙、许、叶、何九姓渔民的故事。后来，九姓人以自己的不同方式进行捕鱼，形成了打不完绵潭鱼的民谣流传至今。渔民表演了钓鱼、叉鱼、网鱼、鱼鹰捉鱼的传统项目。三是漳潭村。"西塞山前白鹭飞，桃花流水鳜鱼肥。青箬笠，绿蓑衣。斜风细雨不须归。"这是唐朝诗人张志和（张良第27世孙）所作的《渔歌子》，描述的就是新安江春季景色。张志和后人在漳潭定居，并植两棵古樟，其中一棵是生长至今的千年古樟。徽州十里红妆馆展示的中国第一床、中国第一轿不仅大，而且做工精细，都是第一次见到。"民间有珍宝"一点不假。乘船喝茶、沿途赏景是轻松愉快的。两岸的群山、村落起起伏伏、渐近渐远，确有"轻舟已过万重山"的感觉。新安江之美，成就新安画派的形成与发展，是再自然不过了。

九姓渔民在捕鱼

　　新安江源头在黄山休宁，上游是横江，下游是富春江，富春江的下游是钱塘江。富春江中国画长卷早已展现在世人面前。我想，要是再有一幅新安江的国画长卷，该有多好啊……

2021 年 9 月 29 日写于深渡新安江畔

棠樾牌坊群

棠樾村荷花池

棠樾牌坊群是一部固体史书，是徽商的丰碑和徽文化的标本。棠樾牌坊群记录着棠樾鲍氏家族明、清两代四百年间，亦官亦商，官位显赫，富可敌国的神话。七座主题鲜明的牌坊，褒奖"忠、孝、节、义"。乾隆皇帝曾赞曰："慈孝天下无双里，锦绣江南第一乡。"这是世界文化史上的里程碑，棠樾牌坊群景区为国家重点文物保护单位。

棠樾村距歙县城西 7.5 公里，北靠龙山，南临徽州盆地，丰乐河由西向东穿流而过，远处是富亭山，是背山、面水的理想位置。清嘉庆八年 (1529) 鲍氏十六世孙鲍象贤（祖籍山东青州）中进士，官至兵部左侍郎。

敦本堂——原名万四公支祠，俗称男祠。明嘉靖末年工部尚书鲍象贤致仕归里，会宗人始建。至清嘉庆初两淮盐务总商鲍志道与子漱芳出私财重建，嘉庆六年 (1801) 告竣。男祠内刻有"公议敦本户规条""议田禁碑"

等碑文。祠堂坐北朝南，三进五开间，占地750余平方米，1995年照原来的建筑风格进行了修复改建。

清懿堂（俗称女祠），建于清嘉庆初年，鲍氏第二十四世祖鲍启运因家祠里只奉男主，遂命儿子鲍有莱修建女祠。女祠坐南朝北，规模比男祠大。这是一座颂扬鲍氏历代妇女贞节慈孝德行的纪念馆，全国罕见。清懿堂是第四次世界妇女大会指定参观的世界上唯一的一座女祠。

至清代，鲍氏盐商成了当时最富有的徽商之一。鲍氏后人在村头巍然竖立了七座石质牌坊，牌坊之前还有一座骢步亭，四角上翘，古朴雅致。

鲍象贤尚书坊明天启二年(1622)建，清乾隆六十年(1795)重修。鲍象贤(1506—1578)，嘉靖八年进士，历任户部右侍郎、右都御史、兵部左侍郎等职，誉为嘉靖朝"中兴辅佐"。明史有传，卒后赠工部尚书。

鲍逢昌孝子坊清嘉庆二年(1797)建。明末世乱，鲍逢昌父外出久无音讯。十四岁的鲍逢昌外出乞食寻父，终相见于甘肃雁门古寺中，奉父以

棠樾牌坊群原址

敦本堂外景

　　归。旋又割股为母治病，孝行闻名遐迩。乾隆三十九年 (1774) 奉旨旌表。

　　鲍漱芳父子义行坊于清嘉庆二十五年 (1820) 建。鲍漱芳、鲍均父子为乾嘉年间盐业巨商，在盐税、军需等方面为清廷捐出巨额金银，并出资修复建造邑城、乡甲之书院、祠堂、牌坊、桥梁、道路、水利设施以及举办义田、义学等。歙人感其功德义行。嘉庆十九年 (1814) 奉旨旌表。

　　由于参观仓促，仅将七座牌坊中的尽忠、尽孝、行义三座牌坊的大致内容记录下来，鉴于传承弘扬古时候的道德行为规范，对于中华民族伟大复兴、传播正能量有着不可低估的积极作用，特写此文。

2021 年 9 月 30 日中午记于歙县棠樾村

徽商大宅院

徽商大宅院正门

　　徽商大宅院位于歙县练江之西，与练江之东的徽园（徽州古城内）遥遥相对，故称西园，集亭、台、阁、牌坊、学馆、戏台、花园、水榭、廊桥、古井、石雕、砖雕和木雕于一体，有宅第26座、房屋数百间、天井48个、柱子1580根，是徽派建筑艺术风格的荟萃地，是徽派建筑艺术的博物馆。它是本着修旧如旧的复原原则，将民间26栋明末、清代和民国期间具有徽派特色的建筑进行了修缮、整合而成。"院子的两侧还设有'天池''瑶池'两个水池，既可以蓄水聚财，也有防火作用。庭院的布置处处体现了徽州人对风水的注重。"启功先生亲笔题写"中国徽派建筑园"。

中和堂

西园以其恢宏的气势和古徽州的神韵，吸引众多游客摩肩接踵，纷至沓来。这里也成为影视剧拍摄的热选地，曾经拍摄过《新安家族》《重生门》《小城往事》《梨花似雪》《极限挑战》《大祠堂》等多部作品。

西园位于徽州古城歙县，练江西岸，占地面积 13000 平方米，建筑面积 9000 平方米，与徽州古城相映生辉，是歙县著名的一大胜景。大宅院中和堂地处大院中心位置，规模宏大，结构精致，完美重现了明代建筑肥梁瘦桂，简约舒展，以及清朝及民国建筑内涵丰富、雕饰细腻的特征风貌，无不尽显徽商大家其宅第礼仪、教化、进取、休闲等诸多功能。宅院精华，体现在那一件件繁丽多彩的雕刻建材和厅堂饰物上，有代表吉祥的三阳开泰，有象征富贵的牡丹，有寓意平安的麒麟，有比作幸福的孔雀，有喻为情感的鸳鸯等。雕刻无处不在，尽展徽派之艺术风格。宅院中的家族宗祠，檐角展翅，梁粗柱硕，雕梁琢栋，给人以肃穆庄严之感。大宅院内百年以上古树名木，古木生香，与建筑格局相互印证，追今述古……

徽商大宅院是欣赏徽州建筑和徽州文化的必去打卡之地。

2021 年 9 月 30 日下午记于歙县练江畔

屯溪老街

屯溪老街

屯溪老街坐落在安徽省黄山市屯溪区中心地段，北依黄山，南临新安江。屯溪老街由一条东西走向的直街、三条南北走向的横街和若干条小的巷子组成，不同年代建成的徽派建筑呈鱼骨架形分布，西部狭窄、东部宽敞。因屯溪老街坐落在横江、率水和新安江三江汇流之处，且市井繁华，所以又被称为"活着的清明上河图"。屯溪是中国保存最完整、最具有南宋和明清建筑风格的古代街市，也是全国重点文物保护单位。

由于屯溪有天然的地理区位优势，1987年黄山市正式建立时，政府所在地便选择屯溪，徽州区、黄山区分别在其东北和西北，形成了黄山市主城区的整体格局。

屯溪老街是我们此次皖南行程的最后一站。沿老街的牌坊开始漫步西行，游览老街、感知老街的同时，加深了对徽商和徽州文化的了解；沐浴在屯溪老街的古朴风韵

中共皖南特委旧址

百年徽菜馆

中，领略了徽州深厚的文化。

在老街中段，参观了中共皖南特委旧址纪念馆。当年，特委以"合记春号"药铺做掩护开展工作。在新中国成立72周年之际，缅怀方志敏、李步新、邓振询、谭启龙等革命先烈和老前辈有特殊意义。

为了庆祝国庆华诞，并结束皖南古徽州的行程，我们特意选择了一家徽菜老店就餐，点了红烧臭鳜鱼、秘制毛豆荚、红烧猪蹄、老妈小炒、老妈一品锅、石磨水豆腐等经典徽菜，以这种"回顾过去，展望未来"、融入徽州文化的特别方式，为祖国生日祝福！

通过对徽商和徽州文化的学习和探寻，深深感到：徽商同晋商、潮商一样，之所以能引领明清、近代和民国经济数百年，以及改革开放后的浙商，都离不开开拓创新、勤劳努力。他们汇集金融服务、交通物流、平衡供求、信息互通等优势，书写了富甲一方、惠及八面的辉煌历史。

愿我华商在世界范围，集中华经商之大成，在伟大复兴的道路上，乘胜前进，勇立潮头，披荆斩棘，再领风骚500年……

2021年10月1日晌午写于黄山屯溪老街

古徽州行

徽州府衙内院

古徽州山清水秀、江河众多，环境优美，生态绝佳。常言道："一方水土养一方人。"徽州独特的山水和人文环境孕育了徽州文化。徽州文化博大精深，是中华传统文化的重要组成部分。

徽州历史源远流长，秦 (前 221) 设黟、歙二县；东汉 (208) 置新都郡；隋 (589) 更为歙州；北宋 (1121) 改歙州为徽州，辖歙、休宁、婺源、祁门、黟、绩溪六县，一府六县格局延续至宋元明清。

古徽州地处山区，陆路交通极为不便，水路运输为主要交通方式。古徽州位于新安江、练江、率水、横江等江河交汇处，顺新安江可直达杭州，

徽州木雕

经京杭运河北上；逆率水经休宁五城、上溪口抵赣东北地区；溯横江经休宁万安、黟县渔亭至鄱阳湖水系。在水运交通枢纽关键节点，逐步形成了星罗棋布的古镇和村落，物资运输路线的广泛辐射，促进了区域文化的交流。若说徽州古城、徽商大宅院是徽州文化精华的体现；那么歙县的渔梁坝、棠樾村，黟县的宏村、西递、打鼓岭、南屏、屏山、卢村也是徽州文化比较集中的地方。明清时期是徽州文化发展和繁荣的重要历史阶段。徽商重视文化，捐资兴学，刻书藏书，修方志、邀讲学，培育了大批杰出人才，推动了徽州教育和文化的进步。

在古徽州参观各建筑群，无论是显眼的正堂匾牌、楹联、上墙的族规宗法，还是镌刻在石、木、砖建筑材料上的图案和寓意，普遍以"修身、齐家、治国、平天下"的理念，作为民众自觉遵守的族规宗法，对提高道德修养、规范自身行为、调解宗族关系、保证族群和睦起到了积极作用，至今，对民

渔梁坝景区

众遵守国家法律、净化社会风气、稳定社会秩序等仍有现实意义。

在古徽州游览，感觉最美、最受看的当数徽州建筑。

徽州建筑是我国古建筑重要的流派之一，其建筑风格独特，结构严谨，雕镂精湛。在设计构思、空间处理、雕刻艺术综合运用上，充分体现了鲜明的地域特征，封火（马头）墙是徽州建筑的造型特色。

明代中叶以后，"盛馆舍以广招宾客，扩祠宇以敬宗睦族，筑牌坊以传世显荣"，民居、祠堂、牌坊成为徽州古建"三绝"。徽商纵横驰骋几百年，百花齐放，人才辈出，各行业都有各行业的代表人物，如宏村汪姓、西递胡姓的馆舍最为宏大；各古镇、古村最耀眼的都是富商家的祠堂；仅歙县现存牌坊就有八十余座，价值比较高的当数棠樾鲍氏牌坊。

游览古徽州的十余天是愉快的，这里不仅山清水秀，景色宜人，而且看点多，内容丰富。一路下来，愈发喜欢这里了，有意犹未尽的感觉。闲暇下来，对游览作点补记，借以勾起对美好时光的回忆……

2021 年 10 月 3 日写于济南浆水泉家中

再上青城山

青城山进山门楼

记得上次上青城山是 1998 年的初夏，一晃 23 年过去了。这次上山是在蒙蒙细雨中攀登的，尽管脚下打滑，沿着崎岖起伏的山路行走，跟跟跄跄，深一脚浅一脚，但身边云雾缭绕的感觉，还是欲醉欲仙的飘逸……

原来印象青城山宫观古香古色，这次来看，少了些古朴，多了些新颖。香客告诉我说，2008 年汶川大地震时，震中之一的映秀镇距青城山不足10 公里，山上的建筑损坏严重，很多宫观是重建或大修的。由于社会募集资金是陆续到位的，维修也断断续续持续了许多年。

青城山是四大道教名山（武当山，湖北十堰；龙虎山，江西鹰潭；齐云山，安徽黄山）。全真观位于青城山的中部，古名龙居观，1996 年由青

七真殿殿堂

城山道长傅元天大师增建慈航殿、七真殿和五祖楼，更名为"全真观"。全真观是道教全真道龙门派活动的重要宫观之一。慈航殿供奉慈航真人。七真殿供奉丘处机等全真道创始人王重阳的七大弟子。五祖楼供奉王重阳等五位道教帝君。

全真教派奉东华帝君为始祖，尊之为"东华紫府辅元立极少阳帝君"，认为帝君能生化万物，驱除黑暗，带来无限光明，为众生祈福、消灾、延年、祛病、升学、迁禄、益智、交易等事，凡人有求必应。

丘处机（1148—1227）道号长春子，山东栖霞人，金代元初道士，与丹阳子马钰、长真子谭处端、长生子刘处玄、玉阳子王处一、广宁子郝大通、清静散人孙不二合称"全真七子"。因以74岁劝说成吉思汗止杀民众而闻名，由于他敬天爱民，元朝被加封为长春演道主教真人，也称为长春真人。青岛崂山上清宫和北京白云观我都参观过供奉丘处机的神像，这次来青城山全真观专门目睹了这位传奇故乡名人的尊容。

在遮天蔽日的山间小路上漫步，是令人愉快的。据说"青城天下幽"美誉的来历还是颇费周折的。相传，彭椿仙主持青城山，"带领道徒种桑种茶种杉，数年成林。今牌坊岗及常道观山门道旁，古木参天，浓荫蔽空，就是彭椿仙当时所种植"。人称绿荫通道为"椿仙行道"。

青城山游山通道上有亭阁一百余座，分别依意点缀烘托出幽、深、奇、险、雄、秀、灵、奥之特色。其造型或为三角四方，或为六角八卦不等，有单檐，有重檐，也有多鳌四檐的，有单体、套体、廊亭、门厅格式。天然阁是座三层八角的骑檐亭阁，以原木留节带皮为柱，老木为依，生树构架，枝藤缠绕，树根为凳，随势造型，高度融汇了道教："天人合一""道法自然"和"三生万物"的思想。天然阁是一个特色鲜明、具有代表性的建筑之一。

"白沙一百八渡，青城三十六峰。樽酒此时相忆，烟霞何日重逢。"青城山曲径通幽的自然景观，原始生态的山水灵气，唯有静心细致地品味，方能感知她透着婉约的秀美……

西蜀第一山牌坊

2021 年 10 月 21 日晚写于都江堰青城山下豪生酒店

杜甫草堂游记

杜甫草堂南门

　　杜甫草堂坐落在成都城西浣花溪间。"杜甫草堂是个好地方，到成都不到杜甫草堂，等于没来成都"（邓小平语）。现在杜甫草堂是游人成都行的必到打卡之地。我四到成都，但到杜甫草堂则是首次。

　　杜甫是我国伟大的诗人。杜甫草堂是唐乾元二年（759）夏天，杜甫因对时政不满，放弃华州司功参军职务，辗转来到成都，在严武（唐朝名将、诗人）等帮助下，在浣花溪畔建成的一栋茅屋，人称"杜甫草堂"，也叫"浣花草堂"，至永泰元年（765）四月离开。杜甫在草堂生活的几年，总体是很苦的，《茅屋为秋风所破歌》正是他这个时期的作品。

　　目前，杜甫草堂是规模最大、保存最好、知名度最高的杜甫遗迹，被誉为中国文学史上的圣地。新中国成立后，国家对于保护和发掘杜甫草堂

作者观展

高度重视。现在的规模是随着研究的深入和经济发展、旅游开发，逐步兴建和完善的。进入南门时，映入眼帘的是草书撰写的"杜甫草堂"几个白色大字，镌刻在典雅的棕色牌匾上。一进院落的正前方是大雅堂，展示的是党和国家领导人以及外国政要、社会知名人士参观草堂的图片。1958年3月7日，毛主席利用成都会议闲暇时间参观了草堂，兴致勃勃游览了园子，观赏杜集版本等文物和楹联，评价杜甫诗是"政治诗"。展厅还陈列了杜甫好友雕像及人物介绍等；二进院是景杜堂，以杜甫诗词制作的书画及各种相关产品；三进院落是杜甫文物研究、修复、整理的工作室。中路右侧的几排房屋是草堂书院。

草堂中路左侧经"草堂影壁"，沿红墙夹道路径前行数十米，有一个

浣花祠外景

茅屋水槛景区

古色精致的院落，门匾为"浣花祠"。虽然浣花祠和杜甫茅屋故居近在咫尺，但却没有什么关联。相传，有一位姓任的姑娘曾居住在溪边，嫁给西川节度使崔旴，因替小叔子大战叛军，固守城池，成为一代巾帼英雄，后人为纪念她修建了该祠。

走过浣花祠右拐则是杜甫草堂的旧址了。"草堂"是名副其实的，客厅、卧室、厨房齐全，但很简陋。石缸、水井，石桌石凳都是以古时代布局的。听导游介绍说，杜甫旧居不大，而种粮、种菜、捕捞地的面积不小。我想，大概与当时人口少、远离城区有关。

茅草房深处是一个很大的园子，有沈鹏先生书写的"杜甫千诗碑"石刻，院墙由灰瓦封顶、墙体纯白色，中间镶嵌着以杜甫诗词为内容的书法大家的作品，比如：《春望》"国破山河在，城春草木深。""烽火连三月，家书抵万金。"《春夜喜雨》"好雨知时节，当春乃发生。随风潜入夜，润物细无声。"《望岳》"岱宗夫如何，齐鲁青未了。""会当凌绝顶，一览众山小。"这些脍炙人口的诗句都在其中。

杜甫伟大的爱国精神、高尚的道德情操以及集大成的诗歌艺术成就，千百年来不断感动和激励着后人，吸引着人们前来瞻仰与缅怀。缕缕真情，系于草堂。

2021 年 10 月 23 日晚写于成都美沁酒店

成都行

锦里夜景

　　人们都说，成都（简称"蓉"）是个休闲、安逸的城市。唐朝诗人李白曾有诗赞美："九天开出一成都，万户千门入画图。草树云山如锦绣，秦川得及此间无。"来过的，还想来；来了的，不想走。我两者兼之。有好友诚邀、有赴渝战友小聚之约、有再度体验蓉城市井生活愿望等缘由叠加促使了这次成行。

　　行前，按照好友提议订购了川航的机票，乘机后发现机舱整洁、川妹靓丽、服务细致温馨，还没踏上蜀蓉大地就已感受到了川中的热情。双流机场比前些年扩大了很多，据说在蓉城东南还新建了一个天府国际机场，如此大的客流，足以说明游人对这个安逸城市的向往。

宽巷子

　　当驱车来到来福士广场时，被眼前偌大的建筑群震撼了，它与重庆朝天门广场矗立的来福士大厦异曲同工，是个"城中城"，以丰富全面的业态、低碳环保的理念、特立独行的风格、富有文化底蕴的设计成为蓉城新潮流的一景。用过午餐，游览了网红打卡地宽窄巷子，晚上观看了锦里夜景。

　　成都民间有"西贵、南富、东贫、北乱"一说。宽窄巷子和锦里都是清朝、民国时期的建筑。宽窄巷子是康熙年间，清军平定准噶尔叛乱后，留守兵丁修筑的，位于老城区西侧，由宽巷子、窄巷子和井巷子三条平行排列的老街及四合院落群组成，是成都市历史文化保护区，也是北方胡同文化和建筑风格在南方的"范本"；锦里与武侯祠为邻，街里的房屋有宅邸、府第、民居、客栈、商铺坐落其间，青瓦屋顶错落有致，沿青石板路蜿蜒前行，让人恍若时空倒流。宽窄巷子和锦里都是人气最好的聚集地，平时和节假日区别不大，都是人山人海。品茶、尝菜、甄酒、看戏、挖耳朵、购物，鉴赏古玩、字画、奇石、红木、金银首饰等应有尽有，若在高挂灯笼的客栈住宿，能感受灯火变换的神奇。宋代汪元量眼中的《成都》："锦城满目是烟花，处处红楼卖酒家。……见说近来多咨跖，夜深战鼓不停挝。"

　　游览都江堰、青城山和大熊猫国家公园是在绵绵细雨中进行的。都江堰是修建了2000多年的功德无量的大工程。工程由秦朝蜀郡守李冰父子主导完成，科学利用岷江江水的落差，以竹笼装卵石，堆砌成鱼嘴的金刚堤、人字堤，使岷江在此分为外江和内江，达到两次分流的目的，水大排涝，水小则通过宝瓶口进入内江，实现了成都平原的自流灌溉；青城山是我国道教的四大名山之一，现在青城山道教属全真道龙门派。青城山位于

大熊猫

都江堰

都江堰西南，分前山和后山，"前山看观，后山看景"。由于青城山原始生态保存较好且林木葱茏幽翠，有"青城天下幽"的美誉。从青城山下来约五公里，便是大熊猫繁育基地。

大熊猫园中有盼盼园、蝶泉园、临泽园，养育着 20 多只，个个憨态可掬，招人喜爱，它们中大的是 1991 年出生的，今年正好 30 岁，小的也有一两岁。园中的服务是一个完整体系，有几百人，足以看出国家对珍稀动物的保护力度。

成都是历史名城，文化底蕴深厚。武侯祠、青羊宫、文殊坊、洛带古镇等，都是年代久远、历史文化深厚的著名景点；春熙路步行街、香香巷、奎星楼街等，都是品尝成都美食的好去处，来成都的朋友一定要去多走走，多看看。成都特色小吃是一定要品尝的，如兔子头（没有一只兔子能逃出成都）、老妈蹄花（猪蹄煲汤）、厕所串串（青岛叫霸道小串）等。当然，火锅是最主要的，由于火锅偏重麻辣，北方来的朋友可以不以牛羊肉为主，要点腰片、鸭肠、胗肝等，这些东西配上麻辣香脆可口，味道就全然不同了！

通过来成都的实地感受，说成都是休闲、慢节奏的城市，我认为只说对了一半，因为那是表象。成都已完成的 30 多条地铁线路所编制的交通网络，就很能说明问题。许多城市在“论证”，成都在实干。成都在看似慢节奏的生活方式中，高效率地解决了工作中遇到的各种难题。

另一个印象深刻的，就是成都的文化传承与弘扬。无论是著名的山水景点，还是繁华的商业街道；无论是普通的住宅小区，还是百姓的居家院落，都有历史形成的故事，也有人物功绩的介绍。浓厚历史文化的氛围，与经济社会发展有机融为一体。我想，当大部分市民能对自己所居住城市的历史文化有所了解的时候，这个城市未来的发展将是无可限量的。

成都腾飞的能量在聚集，发展势头已印证。愿成都的明天更美好！

2021 年 10 月 24 日晚记于重庆解放碑全季酒店

战友情

应朋友之邀，到成都一游。独特的地理位置，使得"峨眉天下秀""青城天下幽"，川中自然景观的秀美享誉中外；蜀渝厚重的历史文化在华夏堪称一绝。既然到西南，不看重庆山水，肯定也是遗憾的。做两地游览攻略时，与老战友见面瞬间成了重中之重的选项。于是联系了李寿忠、张启衡……

我们是在人民解放纪念碑下见面的，除了老了一些，面部神态、话语腔调依然是当兵时的样子。好人身上的品行，寿忠全有，几乎和当兵时一样；启衡仍然健谈，也透着年轻时的灵透。就餐期间，与周瑜军、孙亚明进行了视频连线。瑜军意外有伤，祝他早日康复！大家相谈甚欢：既谈大熔炉的锻炼提高，也谈不经意间的"糗事"；既谈地方工作的经历，也谈退休之后的感悟……

我是 1976 年 12 月入伍的。那一年是难忘的，三位伟人相继离世，唐山发生大地震（2019 年参观纪念馆，悲惨程度难以形容），也是我参加工作的起点。我们新兵训练是在离景太坑不远的三元里，广东省中医药大学的校园里。我在三班，

人民解放纪念碑全景

班长刘瑞峰（河北），他上进心很强，工作上尽职尽责，当时给我灌输的思想就是，要一切行动听指挥，急难险重抢先上。

被分配到师部警卫排后，班长王新建，待人诚恳，浑身有使不完的劲儿，有任务总是冲在前面，尽可能做到极致，身教重于言教是他最大的特质。由于学习了他的工作作风，使我在以后工作中很是受益。

警卫排主要工作是训练、公差、站大岗，通讯班担负着公文交通任务。当然，业余时间还有种菜、打球、看电影、侃大山等内容。军旅生活总体上是紧张辛苦的，有时也是枯燥乏味的。"相逢是缘"，正是在这种看似平凡的学习生活中，75 年湖南、河北兵，76 年北京、浙江兵，77 年山东、广东兵，78 年四川、广西、福建兵，79 年安徽、北京兵，80 年广西、山西、云南兵，大家亲如兄弟，结成了永恒的战友情。

对于部队生活中的三件事记忆犹新：一是对刺训练，赵章林当时是通讯班副班长，但他刺杀水平高，我常找他请教，他很耐心，跟他学习技术水平有了很大提高；二是我当一班班长时，协理员肖国防与我多次谈话，"警卫排是咱们直属队门面，各项管理要严格，班长带头很重要"，他批评多于表扬，严格就是爱护（据说他转业回老家河南遂平了，找机会还想去看望他）；三是 1980 年夏天，去广空 458 医院看望养病的韩光荣副参谋长，他说："小牟，你是警卫排唯一工作到底的山东兵。钉子，能起到稳定的作用，本身就不简单。"韩副参谋长体恤下情，关爱战士，令人感动！

1993 年，我调省委办公厅工作时，正值和组织部一批干部在德州平原县下派挂职，与时任县委副书记、县长的张实（平原县寇坊乡韩庄人）聊天，后来才知道，他竟是韩副参谋长的亲侄子。

我的入党介绍人是张军英、田双喜，在职工作期间或去京开会、出差，或到国家行政学院学习，与军英联系较多，但一直还想去看看双喜。很巧，2017 年春天到河北联系点忙完工作，挤时间到邯郸魏县看望了他，了却了心愿。双喜曾做过六年村支书，退下来还看管着自己的冷库，儿子、儿媳孝顺、能干，如今儿孙绕膝，日子过得很美满。他说原来抽烟喝酒都挺

嘉陵江红岩村大桥

厉害，现在喝酒少了，但看他抽烟确实太多！

2018年秋天，山西公司开业我代表组织去祝贺，空闲时间与太原籍的根喜、太生、锦炜欢聚了一次。这期间，还与安徽李怀安商量去北京约战友聚聚，后因怀安有包村扶贫任务，我直接从太原到北京，与军英、宝玉、志刚、建强亲热了一把。战友见面总是说不完的话，总是开心愉快的，总是觉得时间不够用，期待下一次。现在知道小邱（建华）平时在西安工作，再去时，一定要见见他。

现在看，退休之后战友见面，是最开心的事！只要在济南，我和亚明还能互动几次。待疫情稳定了，打算到鄂西荆襄、长沙至常德的湘西、贵州中部、广西北海和云南昆明、丽江等地深度游览，可以看望更多的战友。怀安也多次相约去皖北，太和确有一帮好兄弟，去南方途经可在此小憩。

当年的小伙子，如今大的有70岁了，小的也已经退休或接近退休，但大家心态好，生活热情更加旺盛。老排长崔建明经常在社区讲述高炮部队的历史故事；老班长张军英不仅著书立说，而且研究讲解创新工作方法；老战友高根喜是山西老年足球队的主力，如今仍生龙活虎驰骋赛场。凡此种种，不胜枚举。我想，大家的这份忙碌而辛勤的坚守，不正是军人精神的延续吗……

"此地一为别，孤蓬万里征。"时间过得飞快，一晃，与战友在景太坑、广州站分别整整 40 年了，现在从不同渠道得知，部分战友已经故去，但他们的音容笑貌仿佛还在眼前，祝他们在天堂一切安好！

重庆是座英雄的城市，近现代许多大事件在这里发生，红岩先烈事迹激励了新中国成立后的几代人；重庆也是座现代的城市，看点很多，不仅现代化程度高，而且山水、夜景都很美，美得自然，美得优雅，美得奔放……嘉陵江上的游船渐渐热闹起来，我追思记忆的潮水也在不停地涌动……"忆君心似西江水，日夜东流无歇时。"

2021 年 10 月 25 日晚写于重庆嘉陵江畔

长江、嘉陵江汇合口

重游重庆

山城重庆是一个古老而年轻的城市，也是一个光荣而现代的城市。说古老，秦以后称江州，南北朝改为楚州，公元581年隋文帝改楚州为渝州，重庆简称渝；说年轻，1997年3月才从四川分出，改为直辖市（第三次）；说光荣，中国革命许多大事件在这里发生；说现代，她肩负着西部开发和长江经济带引擎的重任。

2008年夏天，我是怀着缅怀先烈，在黎明前英雄牺牲的地方，实地看看现场的心情到重庆的。这次到山城，是怀着看望老战友、重温历史和深度游览的心情而来。

解放碑是山城标志性建筑，1945年后叫抗战胜利记功碑，1950年改成人民解放纪念碑。"无川不成军"，据统计，抗战出川将士有350万之众，回来不足一半。我想，这个纪念碑的意义不仅纪念解放战争牺牲的人民解放军，也纪念抗战为国捐躯的国民党将士，也纪念由此上溯1840年以来为中华民族伟大复兴而牺牲的人民英雄。"只有铭记历史，才能开创未来。"

在解放碑下几个阔别40余年的战友见面是欢快的，战友情用重庆火锅形容是贴切的：麻得够味，辣得浓烈，火得热情，热得动容。相聚短暂，分别也恋恋不舍……

在与战友话别后的两天里，我先后到红岩村革命纪念馆、渣滓洞、白公馆进行参观。红岩村原称红岩嘴，1945年改名为红村。此处原为爱国人士饶国模的大有农场。1939年夏至1946年5月，中共中央南方局和八路军重庆办事处入驻红岩。红岩，成为中国共产党在国统区的指挥中心。

红岩村革命纪念馆

1945年重庆谈判期间，毛主席在红岩八路军重庆办事处办公和住宿40余日，使红岩更加闻名于世。国共谈判旧址主要有三处：即蒋介石官邸（中山四路德安里103号）、桂圆和吴铁城官邸。周总理领导南方局在重庆工作长达10年，他回顾这段往事时说："重庆真是一个谈判的城市。差不多十年了，我一直为团结商谈而奔走渝延之间。谈判耗去了我现有生命的五分之一，我已经谈老了！多少为民主事业努力的朋友却在这样长期的谈判中走向监狱，走向放逐，走向死亡……民主事业的进程是多少艰难啊！我虽然将近五十之年了，但不敢自馁，我们一定要走完这最后而最艰苦的一段路！"红岩精神是以周恩来为首的中共中央南方局及其广大革命先辈，在国统区特殊环境中，历经艰辛，培育和形成的伟大精神。红岩精神体现了老一辈革命家刚柔相济的政治智慧，出淤泥而不染的荷花品格，海纳百川的宽广胸怀，临难不苟的英雄气概。

来到渣滓洞、白公馆，心情是沉重的。重庆解放前夕，国民党反动派在这里惨绝人寰地屠杀了革命志士300多人啊，我和夫人为先烈敬献鲜花,以表达敬仰之情!

解放碑是重庆CBD,向东是两江汇流的朝天门,李湛阳曾有诗:"两条银线自天来,江势随山阖复开。从古巴城称重镇,半空鹅岭出高台。"我们乘坐游船观看了美丽的夜景。向西是较场口,这里是国民党特务殴打民主人士"较场口事件"发生地,南邻十八梯,五、六号山洞曾被日寇大轰炸时炸坍塌,一次亡我同胞3000余人;向北是洪崖洞吊楼群,这是山城必看景点,清王尔鉴有诗赞"洪崖滴翠":"洪崖肩许拍,古洞象难求。携得一樽酒,来看五色浮。珠飞高岸落,翠涌大江流。掩映斜阳里,波光点石头";向南是白象街,在此山城与长江的自然风貌体现了完美与和谐。

武隆县仙女山也是网红打卡地。天生三桥和龙水峡地缝相同处,都是从山上坐电梯下到约80米的地方,再徒步观赏景观。三桥有天龙桥、青龙桥、黑龙桥以及圣象迎宾、天福官驿、鲤鱼跳龙门、大猩猩、神鹰天坑、夫妻石等;龙水峡地缝有蛟龙寒窟、仙鹤沐浴、银河飞瀑、桃源问津、龙潭映月、一线天、玉泉珠帘、玉龟出山、罗汉苦修、小小天生桥,这些自

洪崖洞夜景

武隆县仙女山天生三桥景区

然景观惟妙惟肖，是上天造化，还是鬼斧神工？就是人工雕凿，也是望尘莫及的！两景点不同处，三桥道路平缓，景色直观，地缝险要，山路湿滑；三桥看山，地缝观水。此外，我们还游览了千年古镇磁器口，两江影视基地民国城，观赏了李子坝"轻轨穿楼"的壮观瞬间。

重游山城尽管不足一周，但认知是颠覆性的：原来认为山城无非就是山中有城，城中有山。但重庆的山城是：山即是城，城即是山。

重庆直辖以来，为祖国经济建设做出了突出贡献。国家打造成渝经济圈的布局已经展开，衷心祝福两市为祖国大发展做出新的贡献，把祖国大西南建设得更加美好！

2021 年 10 月 28 日写于重庆解放碑全季酒店

信号山·小鱼山和总督府

　　信号山、小鱼山、总督府是青岛的三处著名景点。原本风马牛不相及，为何一并提起？因为同处青岛老城区中部，相距咫尺；全部参观，感知青岛历史和未来更直观、更便捷。

　　青岛历史最早要上溯至明洪武二十一年（1388），即墨县设防鳌山卫，辖浮山所雄崖。永乐年间部分人迁移胶州湾东部沿海定居，陆续形成了上青岛、下青岛、会前、小泥洼、小湛山、大湛山等星星点点的村落。村民农耕兼做捕鱼。明万历六年（1578），即墨获准开放青岛口（即栈桥东），海运贸易日趋活跃。

　　信号山，原名大石头山，位于青岛港东北三四公里，是青岛沿海最高

信号山"蘑菇楼"外景

汇泉湾远眺

处（海拔 98 米），青岛建港时，山上建信旗台，专为出入船只传递信号，故名"信号山"。小鱼山，在信号山东南 1 公里处，是信号山脚下距海滩最近的一个小山头。总督府是德国殖民时期在青岛最具代表性的建筑，位于信号山东南半山腰。

1897 年，德国以"巨野教案"为名，侵占青岛，青岛沦为德国殖民地 17 年（1914 年一战被日本取代）。青岛东起八大关、太平角，西至中山路、青岛港大片区域的德式房屋都是那个时期建造的。

信号山、小鱼山是欣赏青岛沿海景观的最佳位置。登高望远，环视四周，欧陆风情的万国建筑博览会，"红瓦绿树、碧海蓝天"的特有景致映入眼帘：瓦红得耀眼，树绿得晶莹，海天一色，碧蓝清透。俨然一幅浪漫画卷；汇泉湾的白浪、海水浴场的沙滩清晰可见，"莫道游人爱汇泉，满眼波光满眼帆"；小青岛上的灯塔洁白醒目，临海波影，"琴屿飘灯"；"飞阁回澜"的栈桥径直伸向海湾，与小青岛遥相呼应，海岸景致特色鲜明；西北面的哥特式天主教堂，亭亭玉立，若隐若现，大自然无意间给她蒙上了一层神秘的面纱……

信号山、小鱼山也是旅游休闲的好去处。游信号山，我是从齐东路入园的。沿路回旋途经烽火台、天亭、五龙潭、六曲长廊到观景平台。此处

小鱼山入口

有一高两低三个红色圆顶蘑菇楼，寓意古代传递信号的三支红色火炬。现在高楼用于旋转观景，西楼用于航海展览。俞平伯先生曾为信号山作诗曰："故人邀我作东游，喜得年时及早秋，三面郁葱环碧海，一山高下尽红楼。"

登小鱼山是要走福山支路的，鱼山路不通。小鱼山不高，只有一条弯曲的山路，上下都很轻松。山顶建筑主要由观潮阁、碧波亭、拥翠亭和曲廊聊斋故事壁画组成。由于小鱼山面临大海，鲁迅公园、水族馆近在眼前，在亭、上阁观景角度不一，同样清晰。

总督府楼宇面积4000多平方米，外观大气考究，内部装饰华丽，是欧洲皇家风格的经典建筑。整栋楼宇门窗高大，房间通透明亮；厨卫用具十分讲究，依然现代；门窗铜制把手光泽尚好，开关灵活，防雨槽和漏孔做工科学精致；大厅、会客厅门窗镶嵌着色彩斑斓的玻璃，透着尊贵；四层楼体中央像是一个偌大的四合院，有人出入一目了然。客人拜访，主人见否？先过目审视。总督府是德式建筑优点汇集的展示厅，整体架构在德

汇泉湾全景

国也属上乘之作。著名建筑学家梁思成曾评价说："总督府是当时的市中心，它占用了青岛的前海地区，也是观海山下最重要的位置。"该楼先后为德国总督、日本驻青岛守备军司令、国民党驻青岛市市长的官邸。新中国成立后，主要承担接待中外国家领导人的任务。

随着青岛经济社会的快速发展，老城区东部现代化水平进一步提升，西海岸、胶州湾北部新区发展已具规模，鳌山湾、灵山湾开发力度不断加大，高速路、地铁网络日臻完善。我想，今后看景恐怕要去海天大厦、航运中心了，因为那是青岛的新高度。如果能乘坐直升机、热气球，再配备高科技的视觉系统，将胶州湾跨海大桥、胶东国际机场、奥帆中心、崂山风景区等一并纳入视野，青岛的景色应该更绚丽、更有气势！

2021 年 11 月 19 日晚写于青岛蓝岸

滑雪正当时

卧虎山滑雪场正门

当车子进入仲宫镇张家桥转过最后一座山坡时，卧虎山滑雪场的整体轮廓便映入眼帘了。由于刚刚下过一场小雪，飘洒在漫山遍野的雪花已经将滑雪场和周围的山体轻轻披上了一层素装，呈现出白雪茫茫、天地一色的壮观场景。"丘陵似浪向云扬，北国冬来换盛装。瑞叶轻挥披岭美，琼花浮挂似林香。"

为配合即将开幕的2022年北京冬奥会，滑雪场的改造提升工作已见成效：客服大厅装饰一新，显得愈发现代和时尚；滑雪用具租用流程的改造，使得滑雪者的运动通道更加便捷；娱雪区域和中高级滑道新上了两条魔毯，游客滑雪的频率得到大大提升；贵宾室和餐厅进行了翻新，就餐服务的体验让你感到温馨热情……，这些都是配合冬奥会、促进大众冰雪运动开展的必要举措。

滑雪运动起源于北欧，包括自由滑雪、越野滑雪、单板滑雪、跳台滑雪、高山滑雪。卧虎山滑雪场是一个具备自由滑雪、双板、单板中高级滑雪水平和大众娱乐滑雪的理想场所。今年开业首日，滑雪者就有 2000 余人登门。看来，开幕在即的北京冬奥会，已经极大提高了我国冰雪运动项目群众性广泛参与的热情。

　　尽管已经老胳膊老腿的，体力和反应大不如从前，也有几年没有滑雪了，但我还是特别想找回当年那种回转滑雪，从山坡俯冲下来飘逸、刺激、洒脱的感觉。来到了提前预订的房间放下行囊，开始进行基础性的恢复训练。经过半个小时的热身之后，找了双合适的滑靴，来到雪场的初级道，当固定好滑雪板、带好手杖走外八字脚行进时，感觉两腿有些发颤，雪靴比以前似乎重了许多，若没有手杖支撑，不知道要跌倒多少回。从缓坡下滑时，若不会内八字脚刹车，速度还是蛮快的。上上下下几个来回，慢慢找回以往的感觉，但是已经满头大汗了，后背全被汗水浸透，整个脊背好像贴上一块大大的膏药，湿漉漉的不透气，浑身不自在。再加上跌了两跤，第一天就这么败下阵来。第二天起来浑身酸疼，吃饭说笑，肚皮会隐隐作痛。训练念头彻底打消，只好欣赏其他滑雪爱好者的表演。第三天，强忍酸疼随着魔毯上到中级雪道时，对能不能顺利滑到终点心里有些发怵，好

卧虎山滑雪场全景

在有教练的鼓励和保驾。看到青少年滑雪者欢笑着、惊叫着呼呼从身边掠过，速度和惊险带来的刺激，使他们兴高采烈；单板滑雪者飘逸洒脱的姿态，更能彰显轻柔温婉的浪漫和自由翱翔的奔放。经过几次慢滑，大概是活动开了，身上酸疼得到了一定程度的缓解，自信心也大大增强，但那种快速滑雪的刺激和惬意却始终无法找回……

距北京冬奥会开幕还有 33 天，冬奥会的许多场馆已进入实战运行状态。愿中华冬奥健儿充分做好冲刺阶段的各项准备工作，力争为国争光，取得优异成绩！

"快乐在雪上滑翔，激情在飞中释放。"冰雪运动是时尚、快乐且技术含量很高的运动，也是一项极具挑战性的运动。由懦弱变强者，不妨从滑雪开始……

2022 年 1 月 2 日晚写于济南卧虎山滑雪场

学"说话"

春节过后不久，外地好友打来电话："老兄啊，过年挺好吧？"得到肯定回答后，他便半真半假地调侃道："年前，老 X 看你回来时，一路提心吊胆的。""为何？""还不是因为你的一句话。"我说："至于嘛，人家大老远地跑来，又不吃饭，我过意不去，不得送送人家？"电话那头哈哈大笑："是啊，你一句'送你上路'，让他在回来百十公里的高速上嘀咕了一路。"这还了得，事不宜迟，马上致歉，不假思索的一句话，竟惹得老伙计心生恐惧。老 X 接听电话说："没那么严重的。犯嘀咕是真，开车小心一些，注意安全倒是好事。"

和老 X 通话，他的话语亲切轻松，我不安的内心有些释然，但仔细寻思起来，自己不会说话的老毛病始终没有得到解决。回顾自己不会说话的事例还是历历在目……

二十几年前的一个傍晚，在下班回家路上碰见同院的邻居，我们边走边聊。他的儿子参加工作不久，干得有声有色，我出于对人家孩子的恭维："大侄子别看年龄不大，社会经验还挺丰富的。"事后，也是同院的好友告诉我，"社会经验丰富"当时是八面玲珑、表里不一的代名词，人家不愿意听。其为一。

十九年前，也是在三宿舍院里看一帮四五年级的孩子溜旱冰、做游戏，五号楼小张的小子是个孩子头儿，不但自己身手灵活，而且领导能力也很强，组织小伙伴们玩得不亦乐乎。我们几个中年人凑在一起聊天，我对小张说，你儿子挺"精"，意思是孩子精神、精明。一旁的老崔纠正道："是聪明，随他爸。精，是油嘴滑舌、投机钻营的意思，用词不当。你说呢，张 X。"我一时惘然。其为二。

三四年前，研究一个基层单位干部的评价问题。因为这个同志平时言语不多，工作出的成绩不少，提拔重用也属合理。我当时给的评价是诚实、忠厚。但后来不知是传话有误，还是无意曲解，反馈的信息是书记给人家的评价是比较笨拙、不够精明。其为三。

类似事例还有一些，自己原本都是好意，由于不会说话，出现一些误解，不管是理解差异，还是词不达意，总的来讲与自己不会说话有直接关系。为此，我还专门查阅了关于"说话"的解释。说话的基本解释，就是用语言表达意思，发表见解。但"说话"的解释竟有十几种之多。孔子《论语·学而》曰：贵人语迟，敏于行却不讷于言。意思是尊贵的人往往在最后才开口发言，这样的人在行动上很敏捷，在语言上却显得很笨拙。很显然，自己对不上号。

唐·白居易《天可度》诗曰："但见丹诚赤如血，谁知伪言巧似簧。"在职时曾经有一段因有的人说话转弯抹角，让人分不清真假而苦恼。现在看，说不说真话是别人的事，重点还是要解决自己的会说话问题。从头开始，要学"说话"。懂说话、会说话的人际交流通顺，让听言者心旷神怡。批评的话建议说，赞美的话当众说，严肃的话幽默说，难听的话优雅说。会说话本身就是一门艺术，而且是高超的艺术。

我想，说话说了几十年，竟然还是不会说。再学说话，就要从基础学起。学会倾听，耐心倾听别人的表述，交换意见，态度要温和谦逊；说话要注意对象，做到男女有别、老少有别、认知有别、情感有别；说话要分清场合，明理公开说，烦事个别谈；说话语气要平和，交流要注意方式方法，不恶语伤人，要学会换位思考；说话不大、不满，讲究分寸，留有余地，避免尴尬；少说话，不抢话，说话聊天力求心情愉悦。会说话的最高境界是适时闭嘴。

退休以后才想起学"说话",确实迟了,深感惭愧!会"说话"是人与人交流的基础,不管怎样,都要尽其所能,力争学好。

2022 年 2 月 11 日写于浆水泉 30 号

广富林遗址印象

　　广富林遗址以建筑风格别致、展览内容丰富、发掘规模宏大、景色优美如画的整体布局，展示了"广富林文化"的特有魅力。广富林遗址坐落于上海市松江区方松街道广富林村北侧，自20世纪50年代末被确认后，从最初考古的一二百米，至今经历了4次大的挖掘，形成了现在15万平方米的规模，是上海出土文物最为丰富的考古遗址。

　　说建筑风格别致，主要是仿古建筑中有唐宋年代和徽派的建筑风格，也有融合近现代的传统中式内饰，其中还有部分展览馆建筑在水平面之下，屋顶浸泡在波光粼粼的湖水中，像是刚刚被水淹没；说展览内容丰富，因为它既有良渚文化的玉，马桥文化的陶，吴（苏姑，今苏州）越（会稽，

广富林水中牌坊

梅花井

今杭州）文化的舟楫、农耕、尚武、士族等出土物品，也有松江市井商业的变迁和上海开埠以来经济社会沧桑经过的痕迹；说发掘规模宏大，遗址占地850亩，投巨资修建，不仅有文化展示馆、古陶艺术馆、木艺显示馆、陈子龙纪念馆，还有城隍庙、关帝庙、三元宫、知也禅寺、富林照壁、墨宁国乐等各式建筑；说景色优美如画，考古遗址的基本保护区对古遗址加以原生态保护，突显农耕生态文化，展现原汁原味的田园风光，呈现在游人眼前的是一派小桥流水、古香古色江南水乡的景致。用唐杜牧《江南春》"千里莺啼绿映红，水村山郭酒旗风。南朝四百八十寺，多少楼台烟雨中"形容置身广富林景区的感受，既贴切又形象，惟妙惟肖。民间有"先有松江府，后有上海滩；先有广富林，后有松江史"之说，因此广富林被誉为"上海之根"。广富林遗址现在是上海游人的寻根、寻梦打卡地。

　　我们是从南门朱雀门经集贤坊入园的，穿过集贤坊，两侧是黛瓦白墙的徽派院落，马头墙、廊柱、门窗雕花展现着古色古香建筑的情趣，"闻听江南是酒乡，路上行人欲断肠。谁知江南无醉意，笑看春风十里香。"在此意境中漫步，平添了往日少有的雅兴和浪漫……阙门前面是古镇三宝之一的梅花井，井口以梅花造型而取名。阙门前面是偌大的骨针广场。骨

针广场北面是一片广阔的农田，农田的基本功能是对遗址尚未挖掘部分做生态保护。农田西北方红陶瓦罐造型的建筑，是考古研究所。骨针广场东西分别建有知也禅寺和城隍庙。

知也禅寺是为纪念松江民间知也禅师施医救人善举复建的。寺庙整体布局尽管与其他寺庙相同，但样式系仿唐纯木建筑，镶云浮雕，古朴典雅，极其精致，建筑规模大，布局严谨；斗拱硕大，出檐较长，举折和缓，屋顶整体感觉大气稳重。走过山门殿，院子左右两侧分别是钟楼和鼓楼，正前的大雄宝殿宏伟壮观，祖师殿、五方文殊殿、观音殿、地藏殿、五观堂、般若丈室等殿堂在大雄宝殿周围耸立，这里也是上海极具特色的佛教圣地。

城隍庙比知也禅寺陈旧一些，据说建造时间要早许多年，各个殿堂的建筑风格都极为相像，厚砖灰墙，色彩浓烈，一派北方的建筑风格，与南方建筑比较，显得比较独特。城隍本意为城池的守护者，通常由阳间功勋卓著者过世后到阴间担任。广富林城隍庙供奉三位城隍：一是松江府城隍神李待问（明守城功臣）；二是富林城隍神陈金生（老中医）；三是

朵云书院

娄县城隍神李复兴（县令，均田役）。城隍庙还有月老祠供奉着红事媒人月老，龙王殿和土地殿供奉着保水陆平安的龙王爷、土地爷，魁星殿供奉着文运神，关帝庙供奉着关财神。城隍庙象征着主管生人亡灵、奖善惩恶、生死祸福、增进利益，祈求天下太平，幸福安康。

朵云书院广富林店坐落在知也禅寺北面，这家世纪朵云书店是一栋二进院的徽派建筑。两个内院的天井分别是"松石境"和"水云乡"的景观，其间一棵松、一朵云的呈现，与松江及其古称"云间"形神相契，这一独特散发着书香茶香的胜境，外观古朴而典雅，室内温馨与安逸，在此读书饮茶是一种静心的享受。

出朵云书院东门，便来到了浸泡在湖水中的广富林最核心、最神秘的文化展示馆（也称水下博物馆）。从栈桥进入一个圆形建筑，再下约一百五十级台阶，就是淹没在水中六米深的馆底，游人身临其境，有时光倒流、走向远古的心理暗示。这里依次展览的有当年考古挖掘现场的泥塑，考古人物由蜡像制作，栩栩如生；远古遗迹展示了古村落农耕、狩猎、捕鱼的生动场景。上海简称的"沪"，是古时候的一种捕鱼工具；云间是松江近代的别称，"云间纪事"展示了市井的商业活动，有酒肆、米市、纺纱、顾绣、茶社、书院以及衙门、票号等；走过一条通道，有穿越时空的感觉，展示的是近代城市文化，有楼房及各式商铺、大清邮局、松江火车站、振华造船厂、华美电影院、申报报馆等。广富林浓缩了松江和上海文化演变渐进的历史。

参观广富林遗址，对上海有了新的感知：一是考古的发现，填补了长江下游新石器时代文化的空白，得证上海不是一个滩，而是一个同样有着

广富林展厅外景

深厚底蕴的城市。上海最早的城镇始于汉代，距今已有 2000 多年历史；二是从广富林遗址出土的河南玉油坊文化特征的陶片陶器，足以证明黄河流域的龙山文化随着黄、淮河河水泛滥而迁移到淞沪地带，与当地文化交融，有专家推断上海人最早的祖先是中原人；三是原先只知道清道光时期因鸦片战争失利，与英国签订了不平等条约，上海作为通商口岸被要求开放，中西合璧才开始了浦西的繁荣。现在看，上海有几千年的文化积累，恰逢改革开放的新时代，快速发展是顺理成章的，以至于形成了当今外滩老式的西洋建筑与浦东现代的摩天大厦交相辉映的绚丽、繁荣与辉煌。上海是一座极具现代化而又不失中华优秀传统的特大都市，一眼相见，终生不忘。

广富林遗址"古香古色、修旧如旧"。其发掘的意义和定位，蕴含着新意。"参观广富林遗址展示馆，走百米水底长廊，既可以品读四千年的上海历史，也能让人们近距离了解和感受广富林的灿烂文化。"

2022 年 2 月 26 日写于上海松江广富林辰山塘畔

学游泳

按照疫情防控工作要求，从 4 月 1 日起，济南各游泳馆都闭馆了。正在学游泳进阶的兴头上，突然停下来，心中未免有些失落。实事求是地讲，游泳是个技术活儿。"会游泳"是个很宽泛的概念：往低说，下水淹不着，就是会；往高说，有水感，走水，游得轻松流畅、韵感丝滑。自己学习游泳起步不晚，从初学到现在已有 50 多个年头，进步不大，至今还是处于技术动作不够规范的较低水平。回溯大半辈子学练游泳的经历，有三个时期相对集中。

20 世纪 60 年代中后期是初学且游泳最多的时候。当时正值"文化大革命"红卫兵串联，小学规定只上半天课，每到夏季小伙伴们玩耍的主要场所就是游泳池。最多去的地方是英雄山路的英雄山游泳池（原济南军区

济南市全民健身中心

大院对过）。我学会游泳则是在人民游泳池（现在体育中心游泳馆的位置）。记得一次清场哨子已经吹响，为了多游一下，我很莽撞地跳进了深水区，瞬间承受了没顶之灾的绝望，心跳猛然加快，随着身体下沉的脚掌已触到池底，拼命挣扎着使劲一蹬，头便窜出了水面，慌乱中学着蛙泳的动作，竟然游到了池边。惊恐中夹带着窃喜，有劫后重生的感觉。那天，大半宿没睡着，反复回忆着游泳池历险的经过。接下来再游泳，练习几次就会了；由于胆子大了，也敢到深水区显摆了。那时候没有经过扎实的基本功训练，就急着到深水区学习跳水，跳展开双臂的"飞燕"，跳收腹弹腿的"镰刀"，还跳叉腰勾手的"茶壶"。由于越来越"野"，活动范围逐渐扩大，济洛路的第二工人文化宫游泳池、解放阁东边的青年游泳池、西门外东流水街旁的"月牙泉"以及城郊农村的小河、湖湾都是游泳的好去处。那时无知畏惧的鲁莽少年，也真切体验了"泉下重开日月天""好将游泳颂尧年"的快活。

再是 80 年代后期至 90 年代中期在机关工作期间。由于公务出差较多，时间一般比较长，经常到青岛、烟台、威海等沿海城市，闲暇之余或是傍晚热衷到海滨浴场游泳。那时只要有空，立马更泳装，一撒劳累奔向大海。钻狂澜，逗浪花，踌满志，更激昂。在海里游泳，与泳池差别很大：一般会选择离海滩 80 米左右、接近淹没自身的位置，游泳不会拥挤，累了马上返回，可以避免安全隐患；头部不能入水太低，要顺应浪花涌动的

青岛高新区韦德游泳馆

青岛第二海水浴场

频率，相机调整呼吸节奏，以免呛水；到海边游泳目的不为锻炼，多为纳凉。大家聚在一起吹海风、侃大山，欢声笑语。既有享受阳光、月色、沙滩、海浪美景的惬意，也有羡慕泳者健康光亮肤色、修长矫健身材的心境；既有远眺若隐若现快艇、帆船的星星点点，也有向往诗和远方的热情与梦想……

真正琢磨学习游泳技术水平的提高，是在临近退休的前一年到现在。起因主要是考虑即将退休，接受了好友建议又开始边游边学以便退下来之后有一个固定的健身项目。由于长时间缺乏锻炼，刚到泳池时，游 50 米都气喘吁吁，后来坚持游 100 米休息一下再游，逐步能分段游到 400 米、600 米、800 米、1000 米。今年春节期间，坚持蛙泳一次游了 1000 米，用时 32 分钟，自我比较有了较大突破。退休之后，基本能保证隔天游一个小时。由于有了时间保证，水中也有了顺势而为的感觉。这期间，通过请教教练指导，与泳友切磋交流，自由泳技术也有显著改进和提高。自己打算把动作不规范的仰泳再抓紧学习固定下来，平时能够以蛙泳、仰泳、自由泳三种泳姿交替运用，以便达到锻炼和提高的理想效果。因为蝶泳对身体条件要求太高，自己腰腹力量已显然不够，不敢再学，只能留作遗憾了。

学习游泳是一个漫长的过程，对我来说大概只有开始，没有结束了。因为不管是蛙泳的平蛙到波蛙，还是普通自由泳到全浸自由泳，以及挥洒舒展的仰泳，都需要经过分解动作训练后的整体配合，需要形成运动肌肉的固定"记忆"，才能达到相对规范的技术动作；泳池中不乏令人羡慕的强者：有86岁高龄每周三次，每次游400至600米的；也有年近70岁天天游，一次游1500至2000米的。这些都是学习有方向、追赶有目标的动力。学习游泳两年多体会颇深：游泳是需要长期坚持的运动，只要坚持，必有收获；每一次改进，哪怕一点点，除了自我激励，还要查找不足、及时纠正。鉴别游泳水平高低主要有三项指标：体力、技术、速度。一般讲，三者有其二，经过锻炼，另外一个弱点会很快得到改进；三者有其一，经过锻炼，提升的难度不会轻松多少。所以，增强体力，改进技术，提高速度，是所有游泳爱好者孜孜以求的目标。

学习游泳没有捷径，学习游泳的道路不仅漫长而且曲折，有时甚至会出现瓶颈和反复，所以说游泳是强者运动。判断游泳者水平如何？往往一

济南全民健身中心游泳馆

目了然。多数初学者或技术较差的，游起来并不自然，比较机械和僵硬。学习游泳的最大问题在于认知出现偏差。有的朋友觉得自己动作是正确的，但如果进行录像对比，就会怀疑那是自己吗？个人认知和实际是有差距的；当你看见游泳者无论俯卧还是仰卧，身体都平直贴近水面，每一个动作都从容不迫，呼吸与划水配合默契，游进过程保持流线型，前不起浪，后不带花，他一定是专业或是功底深厚的游泳者。因为规范习惯的形成，是长期刻苦训练的结果。

望着游泳者舒缓洒脱、节奏感强的泳姿，观赏者看着确实舒服。如果说，游泳是为了戏水，那么可以尽情欢腾、尽情闹；如果说，游泳是为了锻炼，则可以使劲游，游到精疲力尽；如果说，游泳是为了提高，就要不断学，不停悟，不懈努力。竞技游泳在于快，休闲游泳在于慢。真正的游泳高手，游起来像悠闲的"鱼儿"在水中散步，有"细草香时蝶舞，平波动处鱼跳"的效果。若奢望达到伟人"不管风吹浪打，胜似闲庭信步"的游泳更高境界，恐怕倾其全力也未必能够实现……

2022 年 4 月 3 日写于济南黄金 99 华府

济南的山

　　享誉"五岳独尊"的泰山，是一座东西长约200公里、南北宽约50公里横亘在山东中部的山脉。北麓有济南，南侧是泰安。"因为有山，流水乃为之改道；因为有山，城市才缘依环绕。"济南北临黄河、南依泰山，主城区形状顺黄河和泰山山脉蜿蜒走势而展开。作为泰山余脉的济南南部山区，峰峦叠嶂，连绵不断。仅经十路及延长线和旅游路两旁自东向西比较著名的山就有：蟠龙山、莲花山、野峪岭、黄金谷、佛慧山、千佛山、金鸡岭、英雄山、郎茂山、五峰山等等。疫情管控期间正值春暖花开，登山自然成为健身运动的首选。

　　千佛山是济南三大名胜之一，古称历山，亦称舜耕山。隋开皇年间佛教盛行，随山势雕刻了数千佛像，故称千佛山。由于山上古迹繁多，植被茂密，景色宜人，且闹中取静，人们无论观景还是健身都乐意到此。若从

千佛山南门

北门沿山路拾级而上，依次可欣赏十八罗汉坐像和释迦牟尼的侧卧石像、观音园（其中高达 10 米的"白衣观音"）、兴国禅寺、土佛殿和摩崖造像以及三圣殿、舜祠、鲁班祠等庙宇。上到山顶坡度较陡，攀爬比较艰难；若从南门进山，路途较近，经相思亭，走栈道直奔山顶，相对轻松。山顶可观济南全貌；若健身步行，可沿山脚间柏油路绕行，行走一圈大约需要一个小时，六七公里的距离。青山环绕间，不时飘来淡淡清香……各种山花竞相开放，随着天气的回暖，先前花朵凋谢后冒出的叶芽开始疯长，满山的树木呈现出一片片色彩深浅的嫩绿。这是缺少日晒雨打、没有沙土裹挟、透着清淡光鲜的绿，是青春靓丽的绿，也是赏心悦目的绿。若从西路上山，有古槐树一株，相伴建有唐槐亭，相传唐初名将秦琼在此拴马。登高不远即是齐烟九点牌坊。据说坊名借用唐代诗人李贺"遥望齐州九点烟，一泓海水杯中泻"诗句得名。因古代济南称齐州，在此观看城北九座秀山清晰可见，故称"齐烟九点"。按照可以确定的位置，九座山分别是坐落在历城、天桥、槐荫三区由东向西排列的卧牛山、华山、鹊山、凤凰山、标山、药山、北马鞍山、粟山和匡山。只不过随着城市扩容和幢幢高楼拔起，低矮的山体已分辨不清了。晚清刘鹗在《老残游记》中对千佛山留下了生动描述："只见对面千佛山上，梵宇僧楼，与那苍松翠柏，高下相间，红的火红，白的雪白，青的靛青、绿的碧绿，更有那一株半株的丹枫夹在里面，仿佛宋人赵千里的一幅大画，做了一架数十里长的屏风。"

英雄山，又称四里山，民间以其距城区商埠四里而取名。据记载，1952 年毛主席在视察工作期间，由山东省军区司令员许世友等陪同，到烈士陵园看望原山东军区政治部副主任黄祖炎（曾任毛主席秘书，1951 年遭叛徒行刺）。陪同人员告诉毛主席，一大代表王尽美、邓恩铭、原省委书记刘谦初（刘思齐父亲）以及各历史时期和济南战役牺牲的 1000 多名烈士长眠于此。毛主席感慨地说，"青山有幸埋忠骨"，这么多烈士埋在这里，四里山可真是英雄山啊！从此，四里山又有了英雄山这个响亮的名字。后来，烈士塔建立时，毛主席亲笔题写了"革命烈士纪念塔"七个金

英雄山革命烈士纪念塔

光闪闪的大字。

现在每逢清明时节，各行各界人士和各院校师生前来英雄山烈士陵园凭吊，寄托对革命先烈的缅怀之情。平时，英雄山又是群众性文化娱乐活动开展最集中、最广泛、最活跃的地方：北广场是时事新闻和国际局势的研讨场所，其规模和深度不亚于中型报告会，有一定群众关心热点问题的代表性；纪念塔平台和向南下山台阶是运动器械的比赛场和功夫比试的竞技场，单双杠有倒挂、有回环，有摆越、有空翻，你方练罢我登场，独门功夫更是了得，蛙式跳跃可从300多个台阶鱼贯而下，倒立行走能弯能跳如履平地；济南战役纪念馆西侧，既有花鸟养育交流，也有乐器弹奏切磋，既有各类舞蹈演练，更有几百人组成的红歌演唱，总指挥和演唱人员个个精神抖擞，革命歌曲一首紧接一首，歌声嘹亮，蓬勃向上，气势恢宏，催人奋进……

荆山，是位于二环东路东侧与旅游路北侧区域的一个小山包，海拔约150米，占地充其量有两平方公里。现在已打造成集静谧、生态、休闲于一体的公园。沿着山间林荫小道穿行，两旁是茂密的树木，低垂的树枝在

佛慧山景区

肩头展开一片片绿意，近处有亭台楼阁，远处是青山楼宇，一边鸟儿婉转鸣叫，一边树木摇曳风姿，登高望远，心旷神怡。站在山顶，环顾四周：北面砚池山、华山清晰可见；西面燕子山、佛慧山近在咫尺；南面老虎山、回龙山似乎相连；东面洪山、转山因阳光照射，光怪陆离，若隐若现……

爬山途中想想先辈留下的词语，形象、生动，既入木三分，又富有哲理。比如："这山望着那山高"，确实看到周围高山，瞬间就有攀爬征服的冲动。如果没有"一览众山小"的攀登，又怎能焕发"无限风光在险峰"的豪迈，体会"高处不胜寒"的深意？再如，"山外有山"，意思是比喻难以尽善尽美，这个好，还有更好的。言外之意是要谦虚谨慎。再比如，"山外青山楼外楼"，意思是青山无尽楼阁连绵，寓意歌舞升平的繁华场景。

最近一段时间，我分别攀爬了黄金谷、佛慧山、洪山、牧牛山、野峪岭、华山等，从一隅窥全局的视角看，济南的山至少有五个特点：一是海拔有限。济南周围山体的海拔，低的100米左右，高的不到400米，应该是地处山区与平原衔接的位置有关；二是植被茂盛。多数山体选择以适应气候和土质条件的松柏树为主，四季常青，郁郁葱葱；三是风景秀美。山脚小路多为绿树成荫，曲径通幽。山腰看崖，或险峻或奇秀，景色迥异。山顶望着蓝天、白云笼罩下的绵延群山，由清晰到朦胧一望无际，确能享受瞬间的飘逸与豁达；四是北孤南连。即是城北山体孤芳自赏，城南群山

荆山山体公园

山峦相连。分布在小清河沿岸的"九点"，均为孤立山体，一山一景，傲视四周，唯我独尊。城南所有名山，总是与他山相连。如英雄山与五里山、六里山、马鞍山，千佛山与佛慧山、平顶山，黄金谷与老虎山、回龙山，五峰山与馍馍顶、小白顶，蟠龙山与鸡山寨、围子山等等；五是山水相依。有山即有水，如蟠龙山与蟠龙水库，砚池山与砚池，标山、药山、匡山与小清河，郎茂山与兴济河，五峰山与小固山水库，华山与华山湖等等。清代诗人王文骧钟情于济南山水，曾赋诗赞美："济南山水天下无，楼阁人家尽画图。烟雨半城秋半顷，垂柳多处是明湖。"

　　济南的山之所以值得称赞，最重要的一条就是全部按照公园模式进行了改造升级，在自然环境得到美化的同时，也增加了市民休闲健身的活动场所。客观地说，在济南山上无拘无束地漫游，的确开心。出汗时，大口呼吸着"天然维生素"的负氧离子，清心养肺；漫步时，如在天然画廊中"畅游"，平静惬意，悠然自得。曾几何时，也想约伴同行。后来之所以作罢，因为既担心打乱各自固定的生活规律，也怕一旦引入"竞争"，带来无形的压力，影响独自闲散的放松心境……

2022年4月20日（谷雨）写于黄金99华府

大明湖与济南老城

　　入夏以来，伴随着疫情管控的好转，放飞心情，径直来到久违的大明湖。大明湖位于老城区北部，主要由珍珠泉泉群的泉水汇集而成。据史书记载，西晋以前大明湖范围很广，西晋永嘉年间建城墙把湖分开，形成现在的大体规模。大明湖曾经叫历水陂、莲子湖、北湖等，直到金代改称大明湖至今。

　　这次游湖是从西南门入园的，映入眼帘的湖水波光粼粼，翠柳荷花色彩斑斓，绿的绿得深沉，红的红得鲜艳，亭台楼阁比脑海中的原有印象也靓丽鲜亮了许多。尽管这些年观赏外地的景观多了，但大明湖特有的秀丽，还是独树一帜、越来越美，值得赞誉。沿顺时针蜿蜒北去，来到西北岸的铁公祠，这里包括八角亭、湖山一览楼、小沧浪等一组相当规模的建筑群，

大明湖泛舟

是大明湖最具特色的园中园。铁公祠为后人纪念铁铉（明朝兵部尚书、山东布政使）"忠烈"品格而建祠祀之的。在庭院长廊向南望去，是历下亭、湖心亭、九曲亭和稼轩祠等景点。历下亭在大明湖的中心岛上，其以临近历山（千佛山）而得名。唐天宝四年（745），诗人杜甫到临邑途经济南，北海太守李邕在此亭宴请杜甫及济南贤达，杜甫当即赋《陪李北海宴历下亭》诗一首，其中"海右此亭古，济南名士多"已成为脍炙人口的千古名句；湖心亭是湖中方形小岛上的独有建筑。宋代岛上亭子叫"环波亭"，现在取名的湖心亭是改革开放后建立的，也是济南最大的方亭；九曲亭和稼轩祠在大明湖南岸遐园西侧，九曲亭是观景摄影的好位置，稼轩祠是为纪念南宋爱国英雄、豪放派词人辛弃疾（号稼轩）而建立的。

沿湖绕行至鹊华路中段的超然楼，此楼是大明湖畔的最高建筑，是始建于元代的一座名楼。历代因战火和灾祸屡毁屡建。2008 年在原址重建。整个楼宇共有七层，气势不凡，号称"江北第一楼"。沿超然楼小路西行，

超然楼

赏荷品茗景区

有香水亭、王士祯（清初诗人、文学家、诗词理论家）故居、老舍（现代小说家、新中国第一位享誉"人民艺术家"称号的作家）纪念馆等。此处园林设计精致美观，在此漫步游览，既有江南水乡的优雅，更有济南别样的温婉，令人时感赏心悦目，时感心旷神怡。

　　大明湖之所以是济南著名的游览胜地，我想至少有这样几个因素：首先是水质清新甘洌。整个湖水来自四大名泉之一的珍珠泉群；其次是环境独特优越。湖底为不透水火成岩，具有淫雨不涨、久旱不涸的特点；再是水产丰盛质优。莲藕、蒲菜、子午莲、水花生等质嫩清鲜，鱼类有鲤、鲫、草、鲂等繁多品种，均为鲁菜烹饪的上好食材；最为主要的是人文底蕴深厚。除已述铁公祠、历下亭、稼轩祠、超然楼外，北极阁、汇波楼、晏婴祠、南丰祠、遐园、汇泉堂等都有引人入胜的历史典故，历代诗人留下的著名诗篇，就是对大明湖所作的生动诠释。大明湖经过数次改扩建打造，白天景色蔚为壮观，夜晚更是色彩斑斓，令人迷恋……

　　所谓济南老城里，就是从大明湖南门到马路对过百花洲、曲水亭街、芙蓉街至护城河内五六平方公里的区域。现如今，以泉城路北至大明湖路以南、

王府池子（濯缨泉）

东至珍池街、西临贡院墙根街为济南老城的核心保护区。范围内主要涉及府学文庙、芙蓉街、金菊巷、东西更道街、王府池子周边及后宰门街南侧。对老城区的保护体现了尊重历史、传承文化的重大责任！

济南老城里是济南有四大泉群之一珍珠泉泉群之称的集中地，含珍珠泉、濯缨泉（王府池子）、溪亭泉、散水泉、朱砂泉、芙蓉泉、知鱼泉、云楼泉（白云泉）、灰泉、刘氏泉、濋泉、腾蛟泉等大小20多处泉眼。其中，珍珠泉、濯缨泉（王府池子）最大，也最为有名。由于此处名泉众多，穿墙入院，走街串巷，汇流成溪，沿西北曲水河潺潺北去，流经百花洲，注入大明湖。老城区泉水众多，曾经生活在此的市井中人，天天有小桥、流水、垂柳相伴，日子过得恬静而有趣。"家家泉水，户户垂杨"，便是古城原生态的生动写照。

曾经喧闹繁华的生活街区，如今显得过于寂静了。老屋的墙壁上长满了斑驳的青苔，岁月打磨的青石透着光滑的润泽，泉水仍然川流不息，清澈见底，老城里原貌依旧、古韵犹存。以鲁菜著名的百年老店燕喜堂、魁

曲水亭街

盛居等都在此落户，仍是门庭若市，爆炒腰花、九转大肠、糖醋鲤鱼等招牌菜还是老味道……

孔子《论语·雍也》曰："智者乐水，仁者乐山。"济南有水的轻灵，亦有山的豪迈。"一方水土养一方人"，独特山水养育土生土长的济南人，既有几分南方人的细腻，也有更多北方人的豪爽。金末元初文学家元好问曾写下对济南的深情眷恋："羡煞济南山水好""不辞长做济南人"。古人对做济南人尚有如此偏爱，而作为在此生活了近六十年的"老济南"，又怎能没有酷爱这座美丽城市的赤诚情怀呢？

2022 年 6 月 12 日写于济南曲水亭街

潍坊新貌

绿洲湿地公园

　　说新貌，是相对二三十年前的潍坊而言的。潍坊是由原昌潍地区改地级市的，当时潍坊城区面积不大，但很整洁，给人感觉是个很清新的城市。改革开放后市容市貌大的变化是从围绕白浪河疏浚绿化开始的，潍坊城区整体上了一个大的台阶；后来随着每年一次风筝会规模的逐渐扩大，陆续建立了鸢飞大酒店、富华游乐园等一批有接待大型活动能力的场所，风筝会主会场也从体育场搬到了潍北海滩；再后来，在白浪河两岸和鸢都湖做了多次改扩建并在下游修建了绿洲湿地公园，当时种植的小树如今已成森林，水更清、天更蓝、景色更迷人了。湿地公园与这些年潍坊城区的发展建设自然融为一体，形成了一幅美丽的画卷。"三更灯火不曾收，玉脍金齑满市楼。云外清歌花外笛，潍州原是小苏州。"这是郑板桥做潍县县令所做《潍县竹枝词四十首》的第一首，对潍城赞誉有加。的确，潍坊仿造江南园林景观是很多的，水系相当发达，气候宜人，就是当今比作"小苏州"也是恰当的。

潍坊是个好地方。已经记不清来过多少次，开会、培训、参加活动等各种情况都有。由于潍坊地处省内中部，去青岛、烟台、威海出差路过在此吃午饭的次数也不少。潍坊历史悠久，文化多元，其中曾经参观且印象深刻的有：寒亭杨家埠年画、风筝；青州原先烟叶、桑蚕发达，现在花卉、蜜桃、银瓜、云门陈酿比较有名，老景点有范公亭、云门山，新景区有黄花溪、仰天山等；诸城既是中华恐龙之乡，也是三里庄水库（首座水力发电站）所在地；酿造秦池酒的临朐老龙湾和安丘的青云山风景都很秀丽；昌乐的蓝宝石、昌邑萝卜、高密肉火烧、寿光蔬菜等特产很有知名度。潍坊也是人才辈出的地方，古有政治家晏婴、刘墉、农学家贾思勰，中共一大代表王尽美等。

这次到潍坊只是途经。因为济南已开启了"火炉模式"，与其被动承受，不如逃之夭夭。原打算直奔青岛的，后来感觉过于简单，于是先到潍坊做短暂逗留，然后兜个圈子去蓬莱，参观两个地方想看的景点。在潍坊主要参观了十笏园博物馆、郑板桥纪念馆，游览了曹家巷美食街和胡家牌坊文化街区。

十笏园博物馆坐落在胡家牌坊街中段，始建于明嘉靖年间（1522-

砚香楼

春雨楼

1566），清光绪十一年（1885）潍县首富丁善宝重修扩建为私人花园。参观是从南门入园的，"入园即是忘忧客，到此无非画中人"，瞬间被眼前诗情画意的景象惊呆了，园中围绕一个不规则的圆形池塘，布有假山、曲桥、亭榭、回廊、楼阁，疏密有致，赏心悦目，俨然一副南国园林的精致画面。著名古建筑园林专家评价曰："北国小园，能饶水石之胜者，以此为最。"因为笏是古时候大臣所执用以记事的竹板，有的亦用金银铸成，一枚为一笏，作为金银的计算单位。"十笏"来自唐书《法苑珠林》中的《感通篇》，说以笏量宅基，满十可称方丈室，后来用以比喻面积小的建筑物。园中芳池及四周的砚香楼、春雨楼、十笏草堂、四照亭、廊桥等建筑遥相呼应，结合得如此完美，是整个十笏园园林结构的精华所在。

　　十笏园建筑群是以园林中轴线依次向北分布的，街连街，院套院，建筑风格迥异，将南北园林韵致与建筑特色自然融合，"亭台虽小情无限，别有缠绵水石间"。十笏园建筑之雅致、景色之秀美，吸引众多达官显贵、名人墨客过潍者，无不以游园为幸。1925 年 7 月康有为即兴留诗："峻岭寒松荫薜萝，芳池水面立红荷，我来桑下几三宿，毕至群贤主客多"，既刻画了对十笏园的美好印象，也描述了当年会客的喧闹场景。"赤栏桥畔水亭西，亭下微风扬钓丝。荷叶染衣花照眼，令人错认铁公祠。"整个园子粗略观赏下来需约一个半小时。我认为清末诗人白永修当年游十笏园的评价是客观的，因为无论是景色还是规模，十笏园与济南大明湖有园中园之称的铁公祠确有一比。

从十笏园向西不足百米，便是郑板桥纪念馆。郑板桥是清代著名的思想家、文学家和艺术家。治潍七年，为官清正，务实担当，勤政廉政，亲民爱民，为后世广为传颂。郑板桥纪念馆是一组仿古建筑，二套院正门一副对联"门外四时春和风甘雨，案内三尺法烈日严霜"和横批"政肃风清"格外醒目。所谓门外四时如春，和风细雨，案内法律无情，烈日严霜，形成了鲜明对照，营造出县衙内外完全不同的气氛，告诫人们对百姓"和风甘雨"，对犯罪将是"烈日严霜"。三堂正殿前是郑板桥和蔼可亲的汉白玉站立雕像。馆内陈设丰富，展出了与郑板桥相关的书画、拓片、案牍、篆刻，以及国内外研究郑板桥的书籍、刊物、音像等物品资料。毛主席对郑板桥曾给予这样评价：记住了王羲之的行笔，你再看郑板桥的帖，又感到遒劲有力，这种美不仅是秀丽，把一串连起来看有震撼之感，就像要奔赴沙场

郑板桥立像

郑板桥纪念馆

的一名猛武将，好一派威武之势啊！郑板桥的每一个都有分量，掉在地上能砸出铿锵的声音，这就掷地有声！习近平总书记也曾语重心长地告诫领导干部：古往今来，许多有作为的"官"都以关心百姓疾苦为己任。从范仲淹的"先天下之忧而忧，后天下之乐而乐"，到郑板桥的"些小吾曹州县吏，一枝一叶总关情"；从杜甫的"安得广厦千万间，大庇天下寒士俱欢颜"，到于谦的"但愿苍生俱饱暖，不辞辛苦出深林"，都寓意说明心无百姓莫为"官"。潍坊市郑板桥纪念馆是集中反映清代潍县衙署文化和郑板桥生平、惠政廉政、文艺成就的专业纪念馆，也是潍坊市党员干部宗旨教育和廉政教育基地。

在十笏园博物馆和郑板桥纪念馆周边是文化街区、曹家巷美食街、关帝庙、文昌阁、戏台、潍县战役纪念馆、潍坊美术馆等，由于这个区域看点很多，来此参观游览的人络绎不绝。"鸢都沙龙是家园""创新意识很超前"。对潍坊新时期日新月异发展感兴趣的朋友，在探究知晓其深厚历史文化背景之后，或许会得到诸多感悟和启示。愿举世闻名风筝城的明天更美好、更辉煌！

2022 年 6 月 16 日晚写于潍坊富华酒店

蓬莱仙境

蓬莱仙境牌坊

　　"瑶台天上有，今日落蓬莱。"蓬莱地处胶东半岛最北端，与北面的辽东半岛隔海相望，其所属的长山群岛由 30 多个大小岛屿组成，散落海面，向北自然延伸，是渤海湾的瓶口，形成了渤海与黄海的天然分界线。人们之所以称蓬莱为"人间仙境"，是其以独特地理位置和大气环境所形成的光线折射角度出现的光学幻影，给人产生云雾缭绕、身临其境的虚幻视觉感受。海市蜃楼是神奇的自然景观，一般出现的时候，能就近折射城市和山川原型，而蓬莱出现的海市蜃楼则找不到原型，一年春夏和夏秋时节出现较为频繁，更增添了神秘绮丽的色彩。

　　蓬莱除了有海市蜃楼的神奇自然景观，还是著名八仙过海神话传说的起源地。我们到蓬莱游览的第一个景点是八仙过海处。此地距蓬莱阁以东约3公里，相传八仙正是从此出海东渡的。如今，经过填海形成一个宝葫芦形状的岛屿，岛上由八仙过海典故打造的人文景观，流光溢彩，引人入胜。经八仙桥入园，过云外仙都牌坊便来到第一个圆形小岛，中间的水域取名为瑶池，瑶池中央有气势宏伟的望瀛楼，据说登楼可看到海上的三仙山。与之相连的第二个圆岛略大一些，沿顺时针一圈分别建有果老骑驴、仙姑济世、湘子行吟、钟离炼丹、吕祖归真、国舅隐迹、采和踏歌、铁拐行医等八仙特点命名的廊亭，岛子中心的会仙阁是园景的最高建筑。过仙人桥是探入海面的一个平台，建有拜神坛、八仙持不同法器的过海雕像和刻有苏轼《海市诗》全文的石壁。此处观海，似乎无形中"体验"到当年八仙过海的梦幻感受。两岛之间的八仙祠，供奉铁拐李、汉钟离、张果老、吕洞宾、何仙姑、蓝采和、韩湘子、曹国舅。八仙与其他神仙不同，均有神奇传说的凡间故事，有将军、皇亲国戚、叫花子、道士等等，分别代表了男女老幼、富贵贫贱，并非生而为仙。由于八仙同情民众，惩恶扬善，抑富济贫，深受人民群众的喜爱和传颂。

在八仙过海处对过即是三仙山景区。据《史记》等典籍记载，东海之上有三座仙山，名曰蓬莱、方丈、瀛洲，山上有仙人居住，楼阁宫阙均为黄金白银建造，还有灵丹妙药，人食之可长生不老，因而引出秦皇汉武东

三仙山景区

海访仙求药的故事，并流传至今。现在可供游客参观的三仙山是搬迁一个村庄，利用原有淡水湖泊资源，按照三仙山传说精心规划设计打造的人文景观，是建造在湖中一字排开的三座金碧辉煌的大型殿堂，供奉着各方神仙。蓬莱山，以清代画师袁江、袁耀的《蓬莱仙境图》，经再创造、再设计而成的大气磅礴的六层塔式大殿，孔子像、老子像用紫铜镀金彩绘而成，释迦牟尼像用水白玉精雕而成，气势雄伟，神态庄严。东侧四大元帅分别是岳飞、温琼、关公、马王爷，西侧四大金刚分别是东方持国、南方增长、西方广目、北方多闻；方丈山，汲取圆明园的建筑精华，主体建筑三排，展示儒、道、释思想文化，飞阁复道将整组建筑连接，雄伟壮观；瀛洲山，是元代赵孟頫《十八学士登瀛楼》图的再现，建筑结构严谨，主体周围分别有忠、孝、节、义、礼、仪、廉、耻八个翼亭，诠释儒家思想精髓。另外，该园区的天王殿、观音阁、卧佛殿三个单体建筑所供奉的笑口弥勒佛、观音、卧佛玉雕像以及木化玉，扬州漆器、玉雕、木雕，明清和近现代名人字画展览等，都给参观者留下深刻印象。三仙山风景区就是把神话传说中虚无缥缈而又令人神往的蓬莱、方丈、瀛洲三座仙山以现实手法展现在世人面前，以满足人们拜仙祈福的美好愿望。

游览蓬莱阁是从东门进入的，明代民族英雄、抗倭名将戚继光（1528–1588，山东登州人）纪念馆在蓬莱水城东侧，是一个五进院落的布局，详尽介绍了戚继光世袭登州卫指挥佥事，抗击倭寇十余年，保障了北方疆域的安全，成就一个时代的丰功伟业。习近平总书记于2018年6月13日上午冒雨来到蓬莱，登上蓬莱主阁，远眺黄渤海分界线，俯瞰蓬莱水城，了解古代海上丝绸之路（蓬莱是海上丝绸之路的一个起点）情况，察看水城炮台和古代舰船入海口，听取明代爱国将领戚继光操练水师、保卫海防等历史介绍。总书记说："一个有希望的民族不能没有英雄，一个有前途的国家不能没有先锋。"戚继光逝世400年来，对他的研究从未间断。现阶段对戚继光兵书、兵器、军事工程等方面的研究正向纵深发展，研究领域不断扩展，又达到一个新高度。

蓬莱阁普照楼远景

出戚继光纪念馆西行不足百米，整个蓬莱水城就一览无余了。在水城北面清代铁炮台观看丹崖山上的建筑群，蓬莱阁在夕阳照耀下，愈发显得美丽和壮观。从隐仙洞沿山体台阶拾级而上，途经白云宫、上清宫、三清殿，到达了最著名的蓬莱阁、普照楼。作为我国古代四大名楼之一的蓬莱阁，始建于北宋嘉祐六年(1061)，由当时登州太守朱处约所建，两层木结构重檐式楼阁。相传八仙是在此醉酒后漂洋过海的。此阁也是观海市蜃楼的绝佳位置。北宋之后陆续修建了天后宫、吕祖殿、苏公祠、普照楼等建筑。天后宫在蓬莱阁西侧，始建于北宋宣和四年（1122），清道光十七年重修。正殿内供奉海神娘娘，是蓬莱阁上香火最旺盛的地方；吕祖殿位于蓬莱阁东侧，由重门、正殿、宾日楼、东西厢、观澜亭组成，殿中为八仙之首的吕洞宾塑像，药童和柳树精分立左右，相传吕洞宾在此修炼成仙；苏公祠是为纪念苏轼（号东坡，四川眉山人，是北宋杰出文学家）而建的。据《登州府志》记载，苏轼知登州不旬日，而条议盐榷，言利于民，因而建祠祀之，以永为念；普照楼，又名灯楼，原为夜间行船用的标灯，始建于清同治七年（1868）。普照楼与吕祖殿、宾日楼、观澜亭等共同组成仙境蓬莱的特征性标志。从后长廊眺望北面的辽阔海域，烟波浩渺；长山岛多半个岛屿仍被云雾笼罩着，若隐若现；海面泛起海水折射出的粼粼波光，

蓬莱阁后长廊海滨景区

展示着黄昏美景的瑰丽。恰如清代慕昌湜《蓬莱阁观海歌》场景再现："蓬莱杰阁凌长空，东海名胜常称雄。俯窥沧溟渺不极，蜃市变化虚无中。""海阔天空万籁绝，无言独下潮海庵。归途衣袂风袅袅，好趁夕阳听水鸟。"

　　客观地讲，蓬莱阁是蓬莱仙境最具代表性的地方。此处既是观赏海市蜃楼的理想位置，也是置身其中最有感觉的环境。因为在这里，古代出神入化传说的仙山已被科学证实为海市蜃楼，呈现出的景色壮丽无比；在这里，道教宫殿汇集，道家神学玄理潜移默化下意识的影响，增添了神秘色彩；在这里，海面漂浮的长山诸岛与丹崖琼楼玉宇遥相呼应，雾气漂渺，使人身随幻影，轻感摇曳，难怪人们对世外仙境的美好向往经久不息流传至今。渴望感受和欣赏什么是"人间仙境"的朋友，不妨来蓬莱一游。

　　2022 年 6 月 18 日写于蓬莱钟楼东路全季酒店

奥帆中心

奥帆中心

青岛奥林匹克帆船中心（以下简称奥帆中心）是为承接2008年北京奥运会帆船比赛项目，对位于浮山湾东侧北海船厂旧址进行改扩建而形成的。"不畏浮云遮望眼，自缘身在最高层。"现在看，当时的规划设计是科学超前的，运营效果也是令人满意的。

奥帆中心的外围是以风景秀丽的小山包—燕儿岛山海滨区域，由东向西延伸到海水进行加固的拦海大坝，取名为"情人坝"。在其北侧平行建立的第二道坝（即港池南墙），坝上建有白色拱形运动配套设施和国际宴会厅，与东侧灰色长方形的国际会议中心遥相呼应，相得益彰。港池门口南北分别立有北京奥运五环和奥运火炬的大型标识，象征着喜庆与吉祥。港池内形形色色的各式游艇、帆船排列其中。这里是帆板、帆船、游艇、潜水等各类水上运动项目的集中地。青岛独具海上运动特色的建筑区域，

帆船港池一隅

充分展示了"绿色奥运、科技奥运、人文奥运"的承办理念。

奥帆中心与周边环境和谐融为一体，绘就了青岛这座现代化城市的壮丽画面。奥帆中心与浮山湾西侧的太平角、浮山湾景区和海天中心、星巴克、世贸中心、英德隆大厦等高楼林立的楼宇群隔海相望。西岸景色上午看，在阳光照耀下通透靓丽；下午看，在逆光的衬托下恢宏壮观。向北望去，音乐广场、五四广场一览无余。作为青岛标志性雕塑的"五月的风"，红得醒目，红得张扬，光鲜亮丽。若晚上从情人坝看以五四广场为中心的灯光秀，会给人震撼、华丽无比的视觉享受。

尽管奥帆中心建设得气势非凡，景观鲜亮而别致，但区域总是有限的，如果走马观花，匆匆游览，给你的感觉只能是这里挺好。至于好在哪儿？怎么好法？你就很难回答准确了。因为奥帆中心平静的港湾内蕴含着激情，蕴含着浪漫，也蕴含着时尚，需要慢游，需要感悟，需要回味，不同时段的景致是不同的，视角变换观察的美丽更迷人。哪怕只待一天，你也会情不自禁地喜爱这里……

2022 年 8 月 22 日写于奥帆中心

俯瞰汇泉湾

汇泉湾西接青岛湾、东连太平湾，是青岛最早开发的三个海湾之一，也是最聚人气的景区之一。汇泉湾西起小青岛，东至汇泉角。湾内风光旖旎，著名的海滨景观——鲁迅公园、青岛海军博物馆、青岛海底世界、青岛第一海水浴场、小鱼山公园、汇泉广场、八大关疗养区、东海饭店、汇泉炮台遗址等均分布在湾区沿岸及附近。青岛湾、汇泉湾、太平湾再加上随着市政府东迁时开发的浮山湾，构成了青岛旅游观光的"黄金海岸"。

青岛之所以有"东方瑞士"的美誉，我想主要原因大概是基于青岛独特的美丽风景、温和气候以及国际化都市和万国建筑博览会的特点而比喻的。过去，对汇泉湾印象最深的就是青岛第一海水浴场。因为出差住黄海饭店最多，夏季到马路对过洗海水澡也最多。青岛第一海水浴场坡缓沙细，风平浪静，是优良的天然海滨浴场。

对汇泉湾全景的欣赏，是从坐落在汇泉湾中心广场南头的汇泉饭店旋转餐厅就餐偶然发现的。在上空俯瞰整个区域（去年的一天晚上，在此看到的却是城区的灯光闪烁和远方昏暗朦胧的山海原形），如同观看

青岛汇泉王朝大饭店

青岛第一海水浴场海滨景区

　　一幅铺开的大大的三D规划图，清晰而印象深刻。实事求是地说，青岛自助餐厅众多，味美且价格适中的不在少数，单就旋转观景餐厅而言，非其莫属（电视台餐厅，在太平山北峰，离海较远）。在旋转餐厅看汇泉湾山海景色，恰好印证了苏轼"水光潋滟晴方好，山色空蒙雨亦奇"的诗句。环顾四周，鲁迅公园、青岛海底世界、小鱼山上的凉亭、远方的信号山和半山腰的德国总督府都依稀可见；身下是蓝色的海洋、黄色的沙滩、浅绿的运动场地和中山公园、太平山上大片深绿的植被，以及融合其中的片片红房顶，还有穿梭在马路当中各种颜色的小汽车，都是那么清晰可见、那么赏心悦目；正东面的八大关被茂密树林掩映着，显得深沉而寂静，探入汇泉角远处的东海大酒店则鹤立鸡群，孤芳自赏，俨然一副唯吾独尊的"做派"。

　　对下面景点还在仔细辨别时，朋友催促："还看哪？大家都吃饱了。"饱了？哦，也应该饱了。欣赏美景的时间过得飞快，不知不觉餐厅已经旋转了两圈。来这里吃饭好像不是那么重要，调整位置观看汇泉湾，倒是另外一番景象。"海到无边天作岸，山登绝顶我为峰。"其实，若登高望远观看青岛全景，最好的位置有两处：一是浮山湾西侧的海天中心；二是市北区CBD国际航运中心。如果仅仅观赏汇泉湾景色，青岛汇泉王朝大饭店25楼旋转餐厅的位置就是相当好的！

　　　　　　　　　　　　2022年8月25日写于青岛汇泉王朝大饭店

唐山记忆

月坨岛梦幻小屋夜景

　　五年前来唐山月坨岛度假的时光是终生难忘的。在记忆中，唐山是座美丽之城、英雄之城、希望之城。说美丽，不仅城市建设美观整洁，山海景色宜人，"水中见月月初弦，天水相涵月与连"的月坨岛、菩提岛，更是风光无限、秀丽无比。特别是盛夏时节的夜晚，月坨岛上彩灯斑斓，延伸到海水深处一行行、一排排美轮美奂的梦幻小屋，更显得色彩柔美、景致迷人；说英雄，唐山人民有与"天灾人祸"坚决斗争的大无畏精神。地震过后，在全国帮助下，唐山人民排除万难，重建了家园。今年及时曝光打人案件，使黑恶势力及保护伞受到清除，改善了政治生态；说希望，唐山 GDP 位居河北全省第一，具有得天独厚的区位优势，在融入京津冀经济圈的大环境下，唐山经济一定会得到更快、更好的发展。

　　公元 1976 年是个不堪回首的年份。1 月 8 日敬爱的周总理与世长辞。7 月 6 日德高望重的朱总司令与我们永别。7 月 28 日凌晨，唐山发生了 7.8

中国·唐山地震博物馆

地震前的泡桐树

级大地震，记忆中的那天，是在睡梦中被叫醒，随着呼唤和尖叫的嘈杂声跌跌撞撞冲出楼道跑到马路中央的。此后两个多月是在防震蓬中度过的。震中在唐山，伤亡数字、抢险救灾、卫生防疫、全国支援的消息是这期间陆续听到的。9月9日毛主席老人家的逝世，不亚于唐山大地震，震惊了世界。举国同悲，山河哭泣。那一年是在悲伤中度过的，伤感的事儿接踵而至，好像地球偏离了轨道，发生了严重倾斜……

再度参观中国·唐山地震博物馆，心情依然沉重。从展厅沙盘复制当时惨烈场景的全貌看，地震几乎使整个城市夷为平地。由于当时市民居住的三、四层楼房多以抗震能力差的预制板楼体为主，坍塌后造成的损失是毁灭性的，共有24万人死亡、16万人受伤。城区一片漆黑，断水断电，震中的地表裂痕毁坏了道路和通信设施。此时此刻的唐山，完全印证了清·郑国藩《地震纪灾》所描述的那样："洪水坌涌地绽裂，泥沙咕噜喷相并。""坊表摧颓墙壁倒，远近但闻呼号声。"幸存者和轻伤员在惊恐中组织起来，他们首先意识到要将这里发生的情况，向党中央报告，向解放军求援，之后则冒着余震的危险抓紧抢救伤员……馆内详细展示了地震发生后，唐山人民以无私精神开展自救，解放军以最快的速度到达受灾现场进行救助，全国四面八方积极支援，到重建新家园的全过程。现在挺立在开滦煤矿南边、南湖公园以东偌大的唐山地震遗址纪念公园，仅有一棵地震前就生长在那里的老泡桐，是 1976 年以来发生一切的见证；遗址西北角原唐山机车车辆厂铸钢车间，建筑面积9072平方米，震后仅存厂房倾斜的部分立柱和一截 19.1 米的砖混烟囱；24 万名罹难者姓名被镌刻在纪念墙上。纪念墙的建立体现了国家对遇难同胞的尊重与缅怀，参观者都会驻足凝望，为他们送上默默的祷告。在抗震救灾艰苦卓绝实践中产生的唐山抗震精神，是深厚历史积淀和丰富精神资源的传承和发扬，包括"铁肩担道义，妙手著文章"的大钊精神；开滦工人"特别能战斗"的精神；"三条驴腿办合作社"的"穷棒子精神"；沙石峪的"当代愚公精神"。

唐山博物馆位于市中心凤凰山南面，是在老馆的基础上改扩建而成的。我们主要参观了 A 馆的艺术成就和 B 馆的唐山发展历史。"冀东三枝花"就是皮影、评剧、大鼓三种艺术形式在唐山的形成、发展过程、代表人物以及国内众多文艺表演艺术的地位和影响。唐山皮影也称"滦州影""乐亭影"，因其雕刻材料选用驴皮，故称"驴皮影儿"。唐山是评剧的故乡，鼎盛时期，留下了许多脍炙人口的经典剧目。乐亭大鼓唱而兼说唱腔丰富，刚柔相济，是冀东群众喜闻乐见的曲种之一。冀东三花争奇斗艳，塑造了唐山文化的韵味和内涵。历史发展部分主要介绍石器文化、陶器文化、

唐山博物馆

青铜文化以及冶炼、制盐、陶瓷、矿业兴旺发展的历史。唐山在中国近代工业中打造了第一口机械化采煤矿井、第一条标准轨距铁路、第一台蒸汽机车、第一桶机制水泥、第一座铁路桥、第一张现存股票、第一件卫生陶瓷洁具的七个第一，奠定了中国近代工业摇篮的历史地位。唐山也是名人辈出的地方，古有三国武将程普、韩当，清有小说家《红楼梦》作者曹雪芹，近代有党的创始人之一——李大钊、革命元老江浩等。

来唐山宴就餐如同走进了大卖场，唐山各种餐饮和小吃应有尽有。唐山饮食文化源远流长，历史悠久，经历代高厨勤奋钻研，逐步形成了风味独特、品类完整的菜肴——冀东菜系，因唐山位于北京东部，又被称为京东菜系。在吃的法则里，风味重于一切。伴随着采煤业的兴起和铁路、陆路运输的发达，唐山商贾云集，餐馆酒肆、名厨名店不断涌现：北京王五爷的同福楼，粤菜高手广东李开办的菜根香，天津于宝和经营的新鸿记等。随之，小桃园、养正轩、鸿宴、九美斋、会丰园等数十家酒楼、饭庄声誉鹊起；精心烹制的燕翅席、鸭翅席、参肚席、海参席、四丝席、全鱼席、全羊席、全家福席以及虾蟹席、素席等百余种宴席及各种名菜也相继登场，为京东菜的确立，做出了不可磨灭的贡献。在这里就餐大家兴致很高，各取所需，尽管每人只点自己喜欢吃的，汇拢起来就是一大桌子。尽管吃了个肚儿圆，最后还是打了几个大包。

南湖生态公园是由开滦煤矿采煤坍陷区改造而成的，这里环境优美，为游人提供了休闲娱乐的好地方。我们是从西门入园的，进门不远就是湖畔往事酒吧区域，百威啤酒花园、宁波风味餐厅在此经营，沿木栈道漫步北上，便来到湖区中

唐山宴就餐大厅

南湖生态公园的傍晚

心广场，中间有一组大型铜雕集合的凤凰群，多只凤凰形态各异，活灵活现，铜雕取名为"丹凤朝阳"。在中央广场前面的水域，即是光影水舞秀现场，由东向南环顾望去，龙山阁、龙山码头、履坦桥和风云岛等清晰可见。大概是劳累了，坐在临湖的酒吧凳上，欣赏湖景，喝着饮料，微风扑面，轻松聊天，一行人谁也没有想离去的意思……

两天来，通过"三馆一湖"实地参观游览，使对唐山的原有记忆有了丰富和新的认知：没想到唐山历史名人这么多，没想到唐山工业基础这么雄厚，没想到唐山艺术殿堂这么繁荣，没想到京东菜肴这么丰盛。如果再多住些时日，可能会产生更多的"没想到"。到那时，或许再说唐山的记忆，恐怕会更多，也更加具体、更加深刻。

2022 年 9 月 27 日晚写于唐山万逸海派酒店

丹东与抗美援朝

新四军战士雕像

被子弹击穿的水壶雕塑

　　丹东（原称安东）位于辽宁省东南部，东面与朝鲜新义州市隔江相望，是辽宁省重要边境口岸和东部中心城市。丹东地势西北高，东南低，整个市区的平缓地域夹在山区与江水中间，以鸭绿江流经走势呈东北向西南蜿蜒伸展的带状形态。丹东市政府已迁至设在城市南端浪头镇的新区。这里已经高楼密布，一座现代化新城正在引领着区域经济社会的再次腾飞。说实在的，丹东是我向往已久的城市，它既是抗美援朝的出发地，又是班师回国的第一站，更是为抗美援朝伟大胜利做出巨大牺牲和特殊贡献的英雄城市。

　　昨晚驱车进入丹东市区时天色已晚，因为我们选择的是鸭绿江旁边的珍珠岛江畔酒店，第二天一早就兴致勃勃地到江边散步了。这个酒店的位置很好，东边是滔滔奔流的鸭绿江，西边马路对过是辽东大学，南边相邻是志愿军公园。由此向南六七公里就是鸭绿江断桥景区和月亮岛，景区西面不远是锦江山公园和抗美援朝纪念馆。由于我们此次丹东行的主要目的是踏寻志愿军跨过鸭绿江的历史足迹，所以此地与抗美援朝相关的红色景点我们都去参观凭吊了。

　　志愿军公园是一片二三公里长、三四百米宽的树林绿地，公园中央鲜花丛中矗立着一名提枪阔步向前的志愿军战士的巨幅雕像，木制林间小道的空隙，分布着以志愿军作战装备用品为题材的军号、被子弹射穿的水壶等雕塑，沿江栈道有抗美援朝相关内容的情况介绍。路旁一组看似普通的统计数据，更加深了我对丹东和丹东人民的敬重：抗美援朝战争期间，丹东报名参军 9322 人，战勤民兵 50000 人，牺牲战士 1546 人，出动民工 220947 人次，腾出房屋 65355 间，制作军鞋 388924 双，制作大衣 10538 件，制作棉被 331645 床，清洗衣服 588952，提供担架 7347 副，提供大车 41814 台次，迁出公营企业 32 家，占总数的 66.7%，迁出私营工业 854 户，占总数的 42%，迁出私营商业 1043 户，占总数的 54.8%。1952 年 1 月，安东市成立了拥军优属委员会，组织输血队积极为伤病员输血，其中仅元宝区、金汤区就有近 2000 人，共为志愿军伤病员输血 58 万毫升，是为志愿军献血最多的城市。彭老总在山上街辽东军区招待所主持军事会议后，曾动情地说：安东这座城市虽然人口不多，但对抗美援朝的贡献可不小。多少中华儿女从这里出国，多少作战物资由这里输送过江，多少支前民工从这里奔赴战场。美帝国主义的飞机曾多次轰炸这座小城，然而，安东的人民是英雄的人民，安东是座英雄城市。

鸭绿江断桥

深秋时节鸭绿江畔的一山一水、一草一木依然清秀，透着一种与寒冷顽强斗争的勇气和坚韧。当我来到断桥遗址时，思绪的心潮如同奔腾不息的鸭绿江水，猛烈地涌动着，六十多年有记忆以来所有抗美援朝的故事和英雄人物在脑海中鱼贯而出：志愿军过江老照片的壮观场景；黄继光、邱少云、孙占元、毛岸英、杨根思、罗盛教的英雄事迹；《上甘岭》《英雄儿女》《奇袭白虎团》《长津湖之水门桥》《跨过鸭绿江》等影视画面，不断地出现在眼前，一幕幕激动人心的时刻，一幅幅战火惨烈的画面，是成千上万中华儿女无数惊天地、泣鬼神艰苦卓绝战斗经历的缩影。"为什么战旗美如画，英雄的鲜血染红了它；为什么大地春常在，英雄的生命开鲜花……"

抗美援朝纪念馆坐落在锦江山公园南面的英华山上，园区由纪念馆、纪念塔等建筑以及排列在南广场、西广场当年使用的飞机、大炮、火车、坦克等装备原物展示组成。我是从南门沿落差最大的青石台阶攀登上去的。纪念馆大厅中央是毛主席与彭老总握手的紫铜雕像，伟人身后是两组反映军民奋勇向前的浮雕图案，左侧是毛主席 1950 年 10 月 8 日签署的"组成中国人民志愿军的命令"。展览以珍贵历史图片和实物为主，全面、客观、准确地反映中国人民志愿军赢得抗美援朝战争伟大胜利的历史。展览运用数字化、多媒体等手段，形象再现了激战云山城、鏖战长津湖、血战上甘岭、奇袭白虎团、钢铁运输线等经典战例以及板门店签字等令人震撼的场景复原。黄继光堵枪眼，邱少云烈火中牺牲，孙占元与敌同尽，上甘岭坑道一个苹果的故事，冰雕连的战斗姿态，等等，所有这些每看一次都会动容伤感、总是热泪盈眶……展厅中志愿军坚守的坑道是按照原比例制作的，坑道中有阅览室、医务室和生活区域摆放的快板、胡琴等乐器，反映了我志愿军指战员英勇无畏、乐观向上的精神风貌。参观展览的每时每刻始终感受到志愿军战士的顽强意志、牺牲精神和必胜信念。战争塑造了英雄，英雄赢得了战争。后来人们对伟大的抗美援朝精神进行了系统归纳，这就是："祖国和人民利益高于一切、为了祖国和民族的尊严而奋不顾身的爱国主义精神；英勇顽强、舍生忘死的革命英雄主义精神；不畏艰难困

志愿军雕像和图片

苦、始终保持高昂士气的革命乐观主义精神；为了完成祖国和人民赋予的使命、慷慨奉献自己一切的革命忠诚精神；为了人类和平与正义事业而奋斗的国际主义精神。"对于抗美援朝战争的胜利，习近平总书记曾有一段讲话进行了概括，正是由于全国各族人民的大力支援，才形成了同仇敌忾、战胜一切困难和强大敌人的无穷力量，才赢得了抗美援朝战争的胜利。这再次证明了毛泽东同志揭示的颠扑不破的真理："战争的伟力之最深厚的根源，存在于民众之中。"

鸭绿江是英雄的江、永恒的江。"雄赳赳，气昂昂，跨过鸭绿江……"当年，我们的先辈、祖国好儿女，为了保家卫国，为了中华民族伟大复兴，走出国门，毅然决然奔赴了抗击侵略者的第一线，打出了国威、军威；为祖国赢得了和平发展的广阔空间，为祖国人民赢得了幸福生活的良好环境。通过实地参观志愿军公园、鸭绿江断桥遗址和抗美援朝纪念馆，更增添了对志愿军将士的崇敬，更为他们以钢铁般意志取得的辉煌胜利而感到骄傲。

时间过得飞快，70 多年前的抗美援朝一晃成了历史。"晚晴风过竹，深夜月当花。""陶然恃琴酒，忘却在山家。"我想，如今虽然退休赋闲，国家若有需要一声令下，我仍然愿意换上戎装，义无反顾地冲向一线。历

中朝边境鸭绿江石刻

史的精彩来自英雄。国家发展富强的过程，就是英雄辈出的过程。愿光荣的现役解放军将士们，继承先辈的革命精神，发扬特别能吃苦、特别能战斗的顽强作风，在保卫和平、统一祖国的伟大斗争中，创造更加可歌可泣的英雄事迹！

2022 年 9 月 29 日晚写于丹东珍珠岛江畔酒店

集安一日

　　集安是吉林东南端的一个县级市，是我国对朝鲜的重要口岸，由于境内重峦叠嶂，沟谷纵横，水资源丰富，素有"东北小江南"之称。

　　从丹东出发预留到集安的游览时间，是出于实地考察"万岁军"赴朝参战过江地情结考虑的。不到300公里的路途，中午时分就来到了辽宁与吉林交界的公路桥。在即将驶出宽甸满族自治县的时候，意外发现了一个观景平台，在这里全景观赏了有"奇观"之称的浑江大拐弯。浑江水经过大转弯，直接汇入了不远的鸭绿江。这里不仅是辽吉两省也是中朝两国的交界处。据在观景平台卖山货的老乡介绍，在浑江大拐弯处所能看到的三座山，分属辽宁、吉林和朝鲜。老乡还说，浑江盛产水产，浑江鱼是上等的佳肴。我们按照指引径直来到界桥边上的一家生意兴隆的农家饭店。店家听说我们想吃鱼，不一会儿就像抱小孩一样，抱来了一条十五六斤的大黑鱼。看到黑鱼强有力的挣扎和店家一身的水珠，此时的情景虽说不上

集安口岸

尴尬，我们也确实犯难了，这么大的鱼如何吃得下？解释之后顺便点了些炸鱼、炸虾和几个青菜。炸鱼口味与山东类似，但炸虾就大不一样了，不仅个头儿大，吃到嘴里香酥有余，鲜嫩更胜。说浑江水产好，的确没有夸张。

当车子行驶到有"吉林小江南、国家生态园"美誉的集安境内，已然也是一派秋季景象了。路边的山峰在秋风的吹拂下已经变得五颜六色了，太阳光透过树叶照在林间草地上，显得斑驳陆离。松柏依旧翠绿、枫树逐渐嫣红、其他草木则随着温度的降低逐渐枯黄，构成了一幅秋日特制的"水彩画"。到达口岸已是午后两点多钟，距口岸二三百米的道路是封闭的。当地老乡告诉我们，疫情发生后，对朝鲜的口岸几乎全部关闭了。当我们犹豫是否返回城里休息时？老乡表示愿做临时向导，这当然是求之不得的。报酬谈妥之后，我们开始了口岸周边的游览：集安口岸北边是骆驼峰景区，这是鸭绿江的一个转弯处，江水有些浑浊，应该是下雨较多的缘故。骆驼峰主峰高耸挺立，山体直上直下地与鸭绿江江面作了垂直对接，从江边观景台看骆驼峰全貌，还是有些气势的；口岸人员通关的国门庄重大气，体现了作为重要口岸的国家尊严和形象。据"向导"介绍，疫情之前，这里每天通关的人员很多，基本是朝鲜组织到我国来的务工人员。集安朝鲜族人口很多，加之朝鲜人也会汉语，正常交流没有问题；口岸南边的铁路与对岸朝鲜满蒲口岸相连，这条铁路略显陈旧，这是峥嵘岁月刻画的历史沧桑。据说当年38军、42军和20军就是先后顺着这条铁路和上游由废旧桥墩铺设的木桥过江投入战斗的。望着伸向前方的铁路，我仿佛看到了志愿军将士当年过江的矫健背影……

有些出乎意料的是，我们的向导竟然还是个营销高手，游览将要结束时，就滔滔不绝地向我们推销起了当地的冰酒、红葡萄酒。我们想，作为我国冰葡萄酒重要生产基地的桓仁满族自治县，就地处集安西邻，经纬度相同，种植葡萄和酿造冰酒、红葡萄酒的技术也应该相似。于是，就随同他来到一个半地下的储酒库房。这是一个不大的房间，四个不锈钢储罐储存着一种冰酒和三种红葡萄酒，我们都一一进行品尝。在酒体色泽上，白冰酒似琥珀剔透，红葡萄酒则显得浓郁亮泽；在口感体验上，淳厚香甜有余，淡雅酸涩不足。可能是发酵储存尚欠时日的缘故。不过总的感觉还是甘润爽口、留有余香的。为了对向导的辛勤劳动表示谢意，我们各买了一桶冰酒和红葡萄酒，以备途中的不时之需。

跑了一天肚子确实有些饿了，当地人推荐的名吃是火盆。按照导航我们来到了火盆街。火盆已经是集安当地的美食符号，并逐渐形成了火盆饭店汇集的美食一条街，长长街道两侧各种招牌的火盆形形色色。火盆主料多为牛肉、猪肉、血肠、大肠，也可按照个人喜好添加不同的下货，不喜欢油腻的，就直接选择些宽粉和蔬菜。关于集安火盆的传说听到了两个版本。一是比较正统的解释：传说高句丽烽上王不管什么食物，不管多少种类他都要合在一起放在铜钵里煮熟了吃，国相见状，让人做了一个平底铜盆。高句丽的大臣和贵族们也纷纷效仿。这一宫廷美食逐渐传到民间百姓中，吃火盆成为高句丽人的时尚饮食。以后并有了铁盆、铜盆之分，盆里的食料也更多样化，人们便把这种饮食方式叫作

集安火盆街

莲花公园夜景

高句丽火盆，久而久之，传为高丽火盆；二是店家对火盆的解释：东北天寒，一般家庭或是朋友聚餐，喜欢把生冷食物放在一起加热。既能吃上热汤热饭，也能烤火取暖。由于混着吃的口味比单一食物更好，于是添加的品种越来越多、也越来越杂。据说，目前国内最正宗的火盆在集安。

　　集安的夜晚景色很美。荷花公园是市区彩灯比较集中的地方，在火盆街的东面，是我们回酒店的必经之地。荷花公园其实就是小河流水在市区汇聚的一块湿地，荷花种植面积很大，陆路小道，水中小桥，在七彩灯光的映照下，美轮美奂，景色诱人。在这样一个有意境的园中散步自然是舒心惬意的。集安，尽管是边境小县，我们也只游览了一天，但留下的美好印象，是深刻难忘的……

　　　　　　　　　　2022 年 9 月 30 日晚写于集安汉庭（水云路）酒店

鸭绿江沿岸见闻

　　鸭绿江作为中国和朝鲜之间的界河，发源于吉林省长白山南麓，干流流经吉林白山、通化和辽宁丹东及所辖县市，全长795公里，在辽宁省丹东东港市流入黄海。70多年以来，鸭绿江作为新中国成立之初复兴立国之战的参战标志，在国内外享有崇高的声誉。我们此次东北之行的主要目的，就是沿国道331由南向北逆江水而行，以求尽可能观赏沿江两岸的景观。

　　整个沿江行起点，是从丹东新区开始的。丹东新区距老城振兴区以南七八公里，区内已经高楼林立、配套设施基本完善，市政府及工作部门入驻办公。据说，该区域定位为中朝边境互补合作的桥头堡、最具代表性的形象窗口、未来的"铜锣湾"。一座白色壮观的斜拉式飞架南北的大桥，就是著名的中朝鸭绿江大桥。桥虽然漂亮，却是封闭的。对岸荒无人烟的平静与我方车水马龙的繁忙景象，反差还是蛮强烈的。据在林荫路旁休息的一位大妈说："桥已经建好十几年了，一直没有通车，真可惜！"她是

中朝鸭绿江大桥

月亮岛夜景

威海人，一听说是老乡我们就攀谈起来。她当年是随老伴从部队转业到大庆油田工作的，退休后回威海住了二十年，孩子从黑龙江退休在丹东买房定居，老伴过世后孩子将她接了过来。她说，大连和丹东是东北三省气候、水质和居住条件最好的城市，海产品丰富且价格便宜，现在正是吃螃蟹的季节，你们要吃几天螃蟹再走。吃螃蟹可随时，但把丹东作为休闲旅居地倒是意外得到的启示。

鸭绿江上的江心岛大大小小有上百个，丹东市月亮岛开发建设的最好，在这个约1300米长、200米宽的小岛上已建成的餐饮、娱乐、酒店和健身休闲等几大功能项目，都是具有国际水准的。月亮岛犹如一叶轻舟与著名的鸭绿江大桥遥相辉映，自然景观异常秀美；特别在夜晚，整个月亮岛在霓虹灯的笼罩下，尽显一派国际大都市的风采。

从丹东市区走国道228北上，是紧贴鸭绿江观景最好的一条沿江公路，行进到瑷河大桥时并入331，再向前不远即是虎山长城。现今气势壮观的虎山长城，是在明长城遗址上修复的。虎山长城其实就是鸭绿江与瑷河交汇的一个关隘，它与朝鲜于赤岛和义州隔江相望。据记载，虎山是明朝和后金交战的前线，明成化五年（1469）修建的虎山长城主要用于防御后金侵扰。《明史·兵志》有"终明之世，边防慎重，东起鸭绿，西至嘉峪"的记载，于是就有了中国万里长城应该延长1000多公里的说法。

虎山长城

秦长城是世界建筑史上的奇迹，也是中华民族的瑰宝。据史书记载，战国七雄除韩国外，都有修筑长城的历史，秦长城是在秦赵燕三国基础上修建的，用以防御匈奴的侵扰。因为在自己的记忆中，古长城有"东起山海关，西至嘉峪关"的说法，秦始皇还亲自到过秦皇岛，欲过海取长生不老的仙丹。秦朝之后的几个朝代有多次修筑长城的记载，其中以明朝为最。至于将鸭绿江畔的虎山长城作为古长城的东端起点，使之延长1000多公里是参观后的新认知。

沿331行至桃花峪，我们便右拐继续沿江行驶来到"自然景观""人文景观""历史遗迹""民俗民风"以及"异国风情"超浓缩型的河口景区。南边江心岛名叫桃花岛，也叫河口岛，岛上建有毛岸英学校、中朝边境民俗风情街和众多经营铁锅鱼的农家饭店。岛东头河口广场上彭老总跨骑骏马和毛岸英雕像，广场南边即是河口断桥遗址。河口断桥原名清城桥，日本控制朝鲜后为军事侵略和经济掠夺的需要，1941年指令伪满傀儡和朝鲜当局建造。1950年10月19日晚，彭德怀司令员带领一名参谋、两名警卫员和一部电台，就是从这里乘坐吉普车超越40军入朝作战先头部队，成为过江第一人的。随后39军一部过江；1951年2月63军和65军一部，3月21日12军以及9月7日36军一部先后又有三批部队在此过江。由此往前的沿江路上，还有长河岛景区和几个观景台。可以说，河口景区是鸭绿江上的黄金旅游带，与朝鲜清水郡隔江相望。村民介绍说，如果乘坐游船离对岸稍近一点，朝鲜革命纪念馆，清城当年的美军监狱，现在的女子兵营、清水工业区、烈士陵园、军人哨所，都能看到；甚至朝鲜民居小院的讲话和劳动的声音等，也都听得很清晰。顺着村民指向，我只能看到远处影影绰绰的一些建筑，但眼前波澜妩媚的鸭绿江水还是清澈明净的。"深知身在情常在，怅望江头江水声。"望着中朝边境的青山秀水，回想着 70 多年前我国 19 万先辈血洒疆场、去而无回，胸口还是有些隐隐作痛……

　　车子穿过河口景区顺着公路来了个 180° 的大转弯，随即看到左边铁路隧道口山体上有一组志愿军投入战斗情景的大型雕塑群，经询问才知道这里是上河口，也是铁路抗美援朝博物馆所在地。这种建立在铁道旁和隧道口的博物馆国内是不多见的。这是一条起始于凤凰城终点到上河口的铁路线，于 1938 年开工建设，因战乱几度停工，最终于 1950 年 10 月全线贯通，全长 154 公里。在抗美援朝战争中，凤上线是中朝间最重要的军列秘密运输通道之一。1950 年 10 月，因抗美援朝战争的需要，铁路东北工程总队抢建了灌水至上河口铁路线，作为连接中朝铁路线的重要节点。朝鲜是一个北宽南窄的狭长半岛，东、南、西三面临海，北部与中国及苏

七十四公里隧道

联接壤。朝鲜北部有三条铁路干线与中国连接，即京义线、满浦线和元罗线。为适应战时运输的需要，入朝之初东北军区动员几万名铁道官兵和铁路工人，抢建了灌水至上河口段铁路线，成为新的中朝联络线。因灌水到上河口正好七十四公里，所以上河口隧道被命名为"七十四公里隧道"。在朝鲜战争中，铁路面临三个"敌人"，即空中敌机轰炸、地面洪水危害和中外匪特破坏。铁道兵团、铁路运输系列大队和铁道工程总队入朝后即投入反轰炸、抢修铁路保畅通的斗争，他们通过在战争中英勇地反轰炸，抢修铁路，战洪水，防破坏，使之铁路成为"打不烂、炸不断的钢铁运输线"，保证战时物资运输的畅通，为赢得战争胜利发挥了重要作用。合众社东京曾发布消息："共产党以不屈不挠的努力，使供应品陆续在铁路上运送，共军不仅拥有无限的人力，并且有相当程度的建造能力，表现了无可非议的技巧和决心，修理、新建的便桥以惊人的速度完成……坦白地讲，他们是世界上最坚决建设铁路的人。"整个展览从不同角度详细描述了这条钢铁运输线的历史贡献。尽管这个弘扬抗美援朝精神的红色教育基地比较偏僻，每年来参观的游客还是络绎不绝。

铁路抗美援朝博物馆

车子前行四五公里，来到了丹东国门和中国第 19 号界碑。国门在 331 路旁，体积不是很大，但整个形状还是威严、有气势的。从现场地形看，中朝铁路衔接是从我国鸭绿江边的铁路穿过七十四公里隧道后，在山里绕了一个大弯出丹东国门，与跨江的铁路桥对接。在继续沿江穿村过沟途中，两岸景象一览无余。当我们路过一个边防检查站不久，一路愉快的心情被一条进村的道路断点挡住了，转弯再走一段，还是断点。无奈只好原路折返，寻找国道

丹东铁路口岸

331。应该是此地江河分汊和地形复杂的缘故，331已经脱离鸭绿江边，经过好长一段崎岖蜿蜒穿山道路的行驶，直奔浑江流域而来。当331国道再次紧贴鸭绿江边时，已到吉林集安凉水朝鲜族乡的鸭绿江花海了。不是赏花时节，尽管身在叫作花海的地方，也是无花可看的。但此处江面宽阔，中朝边境山清水秀的自然景观还是相当优美的。由于集安口岸与对岸朝鲜第六大城市满蒲直线距离不足200米，基本能看清该市沿江的全貌。沿江道路上有骑单车和步行的行人，偶尔行驶的汽车像是我国20世纪五六十年代生产的"解放牌"。一座正在生产的工厂，有白色粉尘泛起，像是水泥厂或石料厂。边境哨所较多，管理比我国严格。看到的朝鲜景象，不好与我们改革开放前的某个年代作比较，但不管是城市还是乡村，都是挺整洁、有秩序的，并没有听说中的那么难堪。在所见区域不远的半山腰间，分别矗立几座纪念碑，苍松翠柏中的陵园庄严肃穆。集安百姓告诉我们，那些都是为当年牺牲的志愿军烈士修建的，他们维护得很认真，有固定人员看管，体现了朝鲜人民对志愿军的爱戴。满蒲口岸在入口处有两座黯红色的方形建筑，正中央飘扬着朝鲜国旗，国门布局也是威严庄重的。溯江而上，比较著名的景点还有集安的云峰湖度假区和白山的龙山湖景区，由于赶路，过临江我们没有停留就直奔抚松长白山西部度假区了。

　　沿鸭绿江一路走来，在尽阅山水景色的同时，也产生了一些疑问。鸭绿江江心岛屿是怎样与朝鲜划分的？天池原以为是我独有，怎么又成了界

中朝鸭绿江江景

湖？经查阅资料得知：长白山（朝鲜称"白头山"）地处中朝边界，历史上确归我国所有，但朝鲜把白头山作为神山一样崇拜，故以国家信仰名义对我国提出要求。中方本着两国世代友好的考虑，1962年与朝鲜在平壤签订了《中朝边界条约》。此条约大体要义为：第一条内容主要划分两国边界的走向；第二条规定界河中的岛屿和沙洲的归属都以水面的宽度为准；第三条内容明确界河水域两国共同管理、共同使用，包括航行、渔猎和使用河水等，以及鸭绿江口外水域的划分原则；第四条规定本条约签订后即成立两国边界联检委员会，开始联检；第五条规定换文方式。按照此条约规定的原则，还将鸭绿源头的天池分水岭东侧的三座山峰也跟着一道分给了朝鲜。有的说我方占48％，朝方占52%（也有的说是53%）。长白山天池位于长白山之巅，乃火山爆发铸成的九峰围合而成，最高一座为白头峰。白头峰分给朝鲜后，朝鲜为纪念金日成将军，就把白头峰更名为"将军峰"。查阅资料还得知：朝鲜和韩国，从古至今本质上是朝鲜半岛上的两部分，现在的三八线，半岛中部的大河流大山自古基本就是朝韩的分界线。只是新中国成立后一些学者把朝、韩放在一起说，才让我们产生了误解。我国古代皇朝和半岛政权划分国界，大多以大同江或平壤以南，所以半岛北部中国管辖的时间是很长的，影响力也大，南半部要弱许多。

　　鸭绿江沿岸游览总的感觉是，辽吉两省汉、满、回、朝鲜等民族团结和谐，经济繁荣稳定，民族风格特点明显，特色小吃品种繁多。就沿途地段来讲，丹东段经济发展最好，区位优势带动作用还是明显的，沿江基础设施建设比较完善，宜居宜业，魅力无穷。但要实现"铜锣湾"布局的宏伟设想，短时间内难度不小；宽甸满族自治县自然景色最好，参观游览的景点众多，旅居深度游可重点考虑；吉林集安段历史悠久，民族文化底蕴深厚，葡萄酒、人参、大米等特产丰富；长白山景区辽阔，著名景点多，不同季节的景致差异大，看点在秋冬。对对岸朝鲜的大致印象：地广人稀，沿岸几座城市没有明显的差异和不同，自我封闭是导致经济欠发达的主要根源。清水郡、楚山、满蒲正在生产的工厂规模都不大，类似我国市县的

集安鸭绿江边境

水泥、化工类企业，有污染但很有限。如果单纯从环境角度看待这片土地，基本上就是尚未开发的处女地。朝鲜有首歌曲《金达莱》，歌词为："金达莱花为什么开得这样早、这样快，好似那要与梅花来比赛，噢，是因为春姑娘要出嫁，冒寒斗雪来喝彩……"，表达了朝鲜人民对美好生活的憧憬与向往。客观地讲，"三千里江山"是美丽的。人们生活在和平环境，尽管生活不够富足，居住在群山环绕间说不上悠闲倒也安逸。我想，假如哪天朝鲜若实行了开放，原生态的自然景色，肯定会吸引大批游客前去观光。

鸭绿江浩浩荡荡，流淌千年，既目睹了历史的战火与硝烟，也见证了抗美援朝的悲壮与喜悦，更承载着祖国复兴的宏图与伟业。鸭绿江是值得赞美的。在已欣赏赞美鸭绿江的古诗中，明代"粗人"朱元璋所作的《鸭绿江》诗，还是颇有些章法和气势的："鸭绿江清界古封，强无诈息乐时雄。遄逃不纳千年课，礼仪咸修百世功。汉伐可稽明在册，辽征须考照遗踪。情怀造到天心处，水势无波戍不攻。"若说明朝做过类似"赢了战争、丢了土地"的糗事，作者诗中有什么难言之隐，或者暗藏什么玄机，则是需要认真阅读史书、深入考证、耐心回味的！

2022 年 10 月 1 日写于白山市抚松丽祥假日酒店

布尔哈通河边

延边冷面

　　延边朝鲜族自治州是我国最大的朝鲜族聚居区和东北唯一的少数民族自治州，首府驻延吉，东与俄罗斯毗邻，南与朝鲜隔图们江相望，是一个有山皆绿、有水皆清的美丽地方。布尔哈通河（满语意为柳树河，因岸边长满了柳树而得名）贯穿延吉市中心区域的东西，是延吉市的一条主要景观河。

　　从长白山到珲春的路途仅400多公里，我们本打算沿图们江行驶多看看沿江景色、晚饭到达目的地，但因多个路段修路而不得不驶入高速，当车子从珲乌高速来到延吉时正好是吃中午饭的时间。北京朋友以前在延吉做过项目，"经常在北京－延吉之间飞来飞去"，他说，我们就在延吉吃饭吧，顺便也看看城市的变化。目睹一下延吉风光是求之不得的，他的提议正中下怀。当地人把朝鲜冷面分为朝鲜冷面和延吉冷面，确定在延吉吃

延边街景

中饭，冷面是必须的。我们出高速沿公园路直奔顺姬冷面（延大店面馆）而来。当一碗碗冷面端上来时，我们面面相觑：这哪儿是碗？分明就是半大的不锈钢盆；冷面是荞麦材料，温面是其他面料，佐料都是牛肉、鸡蛋和大块苹果，酸辣白菜、黄瓜丝、胡萝卜丝等少许。就餐工具除了筷子、汤勺，还配有剪刀（用于剪面）。冷面口味确实不错，大家边吃边剪，连吃带喝，不亦乐乎。据说，正宗冷面在朝鲜。19世纪中叶，一部介绍朝鲜风俗习惯的《东国岁时记》传入中国，其中对冷面有这样的描述："用荞麦面沉菹葅、松葅和猪肉，名曰冷面。"即冷面就是"荞麦面搭配萝卜泡菜、白菜泡菜和猪肉"。

　　来到布尔哈通河边已是下午两点。布尔哈通河两岸的各式建筑风格差异很大：政府办公或会议厅等官方公用房屋以朝鲜民族样式居多，两头翘立如飞鹤，外形美观，中间平行显得非常宽厚；商场、餐厅、车站等生活服务场所俄式风格的建筑比较普遍，高大通透的圆穹顶建立在中心位置；居民小区的版式住宅建筑与内地相同。整个城市异域文化特色还是很明显的。听去过韩国的人说过，延吉与韩国城市的市容市貌基本相似。延川桥南北分别是延边体育馆和延边工人艺术中心。朝鲜族是个能歌善舞、爱好体育运动的民族。朝鲜语形容乐舞名词包括节奏、节拍、速度、风格等，每种鼓点与敲击方法，与它相应的舞蹈动作一致，着重表现舞者"长短"流畅的舞姿，以展现朝鲜族民间舞蹈的风格韵味。朝鲜族的足球、摔跤、

布尔哈通河景区

滑冰、跳板、打秋千等体育活动都具有广泛的群众基础。从布尔哈通河两岸颇有民族特色且美观大方的文体建筑场馆看，延边州党政部门对少数民族文体活动的重视程度可见一斑。

沿延河路漫步东行，依次有建筑样式不同的新民桥、天池桥、延西桥、延吉桥和延东桥。桥的两岸分别有阿里郎体育公园、勇敢者时空穿梭、青年广场等休闲娱乐场所。散步中，听着岸边回响反复播放的《红太阳照边疆》《阿里郎》《桔梗谣》等朝鲜族歌曲，伴随歌曲旋律的悠扬，欣赏着布尔哈通河边的景色，我这个不懂音乐的俗人似乎对朝鲜族的乐曲忽然有了感觉，竟然也随着节奏哼哼出了声音，不知道算不算一种触景生情的真情流露？"妈妈曾经唱过，古老的民歌，就是那首桔梗谣；爸爸常教我，也是那首歌，就是那首桔梗谣。月光下会想起，熟悉的旋律，让我想起我故乡……"

朋友告诉我：他之所以喜爱这个地方，气候、景色好是一方面，人好是主要的。延边人实在、好客。有一次我从北京过来赶上飞机晚点，到延吉的时候已是晚上九点多钟，本打算自己简单对付一下，但接我的朝鲜族朋友说，你来的时间正好吃正餐。原来，延吉的夜生活是丰富多彩的，重要活动都是安排在晚上。晚饭几乎是两场，第一场吃饭算垫垫，真正的朋友聚会、谈生意、载歌载舞是第二场，所以我来的那天晚上赶上吃正餐。另外，朝鲜族很注重礼节，当着长辈的面不许吸烟饮酒，在非喝不可的时候，要双手接杯，背席而饮；美食佳肴要摆到老人和客人面前，重要客人来了都是单独宴请。朝鲜族的酒不少，以中药材泡酒为主，不习惯的容易喝醉，我那天就喝得酩酊大醉。

在布尔哈通河边漫步是短时的，印象却十分美好。原来只知道人参、鹿茸、貂皮是东北三宝，没想到延边的参茸产量居世界第一，同时也是世界最大的苹果梨生产基地。能歌善舞代表着快乐，欢声笑语体现着幸福。延吉，是个来了还想再来的城市，因为融入延边民族大团结的氛围、感受朝鲜族"布谷鸟"的欢快，令人期待……

2022 年 10 月 2 日晚写于珲春缇香酒店

珲春的晚上

八匹马广场夜景

　　珲春，地处吉林延边州东南，以珲春岭为界与俄罗斯哈桑接壤，西南以图们江为界与朝鲜罗先市相邻，也是我国唯一与俄、朝两国国界相交的边境城市。珲春的名称在《金史》《明史》中叫"浑蠢"，满语意为"边陲、边陬（角落）"。《珲春乡土志》载：珲蠢为魏晋时"沃沮"二字的变音，"珲春"的名称，其实最后是由比较稳定的"怪音"而确定的。我们之所以到珲春住宿，是受其防川风景区"一眼望三国"的特殊地理位置吸引而来的。

　　我们从长白山到达网约缇香国际酒店时天色不晚，在大厅办理入住时，看到沙发上坐着一对垂头丧气的中年夫妇，他们听到我们向大堂经理咨询去防川如何行驶时，突然开口了："别去了，防川景区关闭，我们来回跑了近200公里，刚回来！"听了他们的话，我们也很沮丧：观望三国交界处，参观东方第一哨、防川朝鲜族民俗村、"土"字碑、张鼓峰事件陈列馆、龙虎阁景点的兴致转瞬间化为泡影。无奈，在酒店安顿行李后，我们只好进入市区游览。

八匹马公园，也叫八匹马广场，是珲春一个名气很大的景点。我们来到公园时，夜幕已完全降临了。这里就是一个精致的小园林，充其量有400平方米的样子，园中有休闲的座椅，也有一些健身器材；虽然没有公园那么大的面积，也没有广场的宽敞气派。但是，矗立在园子中心的八匹骏马造型，还是很逼真的，银色不锈钢骏马像八条巨龙踏在金黄色的巨石上，在夜灯的照射中，有一种"冲天驾云"的视觉冲击。我想，珲春百姓之所以喜欢八匹马公园，因为栩栩如生的八匹骏马，以雄壮威武的英姿代表着珲春人励精图治、勇往直前的精神状态。

库克纳河横贯珲春市区东西，原本是一条护城河，随着珲春城区的扩容，库克纳河已成为流淌在珲春城区中心的景区河流。相传，因河中鱼儿繁多，库克纳河名称来自满语，意为"撒拉网的河"。夜晚的库克纳河是靓丽的，就像一条彩带给整洁的市区增添了柔美的意境。这是一首赞美库克纳河风光的诗："小溪一曲抱春城，绿柳成行夹岸生。袅袅覆堤新涨活，依依抵水晚烟萦。呢喃紫燕枝头语，眈睆黄莺叶底鸣。垂钓儿童桥上立，天然图画在新晴。"看来，库克纳河畔绿树成行，枝繁叶茂，翠鸟轻啼，蜿蜒秀丽，白天的景色也是应该相当秀丽的。

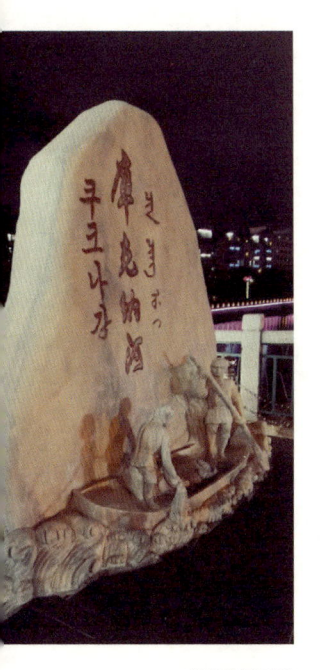

库克纳河石碑

我们就近来到居住酒店对过的玉善烤串店吃晚饭，这

珲春特色烧烤炉

是一家珲春网评第六的朝鲜族经营的专门饭店。店铺有上下三层，整体干净，生意还是很火爆的。等待用餐之前，与邻桌一位年龄相仿的同志交谈起来。他说，珲春城市小、人口少，生活方便，成本也不高；没来过的，游览游览是可以的。当说到防川景点关闭时，"那里就是一条又长又窄的进村道路，两边都是人家的，去了你会很伤感。网上说，防川望洋兴叹，是一个生活最憋屈的地方。""虎啸三国万户闻，图们江水饮难吞。涛声依旧成新梦，咫尺天涯忆海魂。"看来，割地赔款屈辱历史给国人留下的伤痛，是无法弥合的。朝鲜族烧烤的主料也是牛羊肉，只不过对肉类和菜品进行了腌制处理，口感香浓、滑嫩。我们点的牛肉、羊肉、板筋、生鱼和土豆、茄子、蘑菇等陆续上来了，烤炉是电动的，明火炭烤，可以上下升降、自动翻滚，店铺还赠送了朝鲜风味的微辣带酸的泡菜、酸黄瓜、豆制品等小菜，与以肉为主的烧烤搭配，起到荤素相间的作用。烤面包、烤馒头抹奶油作为主食，还是香甜可口的。

　　尽管欣赏了珲春夜晚的景色，品尝着朝鲜风味的烧烤，不知不觉多饮了几杯酒，心中有种怅然若失的感觉：一路走来，珲春是唯独一个期望最高、失望也最大的城市；一个听景居然多于看景的地方。仔细想来，庆幸的是少跑了许多冤枉路，欣慰的是疲惫身体得到了及时的休息和调整。晚餐过后，我们由于计划落空便商量了接下来的行程……

2022 年 10 月 2 日深夜写于延边珲春缇香国际酒店

午后绥芬河

绥芬河市基督教会

绥芬河是个神秘的地方。它的神秘不仅在于发生的历史事件多，而且在于是我国境内满街充斥俄罗斯建筑的地方，在这里让人有一种分不清自己是身在国内还是国外的感觉。"绥芬河"地名自清代始称，是一座风光秀丽的边境山城。带着诸多疑问，一探究竟寻求答案是我们来这座边陲小城的主要目的。

我们是走 331 国道顺着绥芬河支流寒葱河转入乌苏里大街进城的。由于几天来连续品尝了火盆、铁锅炖、烤肉和朝鲜冷面，大家感到有些油腻了，就七嘴八舌地讨论着中午吃些什么，结果一致认为，喝粥、吃馅饼，来点清淡的。绥芬河地势东北高、西南低，城市依山而建。在去新华街和记馅饼（绥芬河店）的路上，我们经过了中俄赛车公园和绥芬河基督教会。可能是城市太小，所有建筑都显得小巧玲珑。天主教堂是一座黄白相间的高挑建筑，典型的俄罗斯风格。和记馅饼是个很整洁的店铺，馅饼种类很多，白菜、猪肉、牛肉的，土豆卷饼也有，大家各取所需，共同享用了一顿青菜、小米粥。饭后，在市区兜了一圈，又回到了乌苏里大街。

东去的绥芬河口岸也因疫情管控关闭了，我们便拐向西来到北海公园。北海公园坐落在绥芬河最大的人

北海公园一角

工湖畔，湖水由小绥芬河流入，湖面很开阔，景色优美：北面天长山南麓的大光明寺矗立在森林和彤红的枫叶中，形态雅致；东面的火车主题烧烤广场是一个很大的区域，十几辆绿皮火车摆放在广场的不同位置，多样式的秋千、转椅和滑动的餐车等活动用餐机械布置在周围的树木花草中；南边山坡上是老城区，比较著名的建筑有人头楼（一度为日本领事馆）、俄国领事馆、铁路白大楼的旧址；湖的西岸是环湖公园和和平天使嘎丽娅纪念馆。在与一位长者的攀谈中得知：这个人工湖是绥芬河人气最旺的景区，秋天湖水没有结冰，游人最少。绥芬河是俄国掠夺东北财富修建铁路时一同建造的聚居地。20世纪初，在此贸易的有几十个国家，日本侵略时期没搞什么建设，苏联红军打过来以后，又驻扎了一个时期，所以这里的老房子都是俄罗斯建筑。绥芬，满语是锥子的意思，就是形容地方很小。李大钊、周总理去苏联时在铁路白大楼住过，楼里有地下通道，现在也是一

火车主题烧烤广场

绥芬河市火车站

个纪念馆。1950 年溥仪也是从绥芬河被押解回国的，由于这里老房子多，每年来画画写生的学生不少。

与长者道别后，我们继续沿乌苏里大街向西，来到绥芬河火车站。绥芬河站很壮观，灰白瓦粘贴墙体，车站正中央和两个边楼的楼顶，有三顶蓝色圆形的大帽子，凸显出俄罗斯建筑的特点。这是 2015 年投入使用的绥芬河新站。绥芬河站始建于 1899 年，为中东（中国东部）铁路东线终点站，过境与俄罗斯铁路相连。目前是东北地区县级火车站中最大的。绥芬河是我国东北地区对外开放，参与国际分工的重要窗口和桥梁，也是承接振兴东北和俄罗斯开发远东两大战略重要节点的城市，被誉为连接东北亚和走向亚太地区的"黄金通道"。

不同时期有不同的梦想，不同时代有不同的希望。随着我国"一带一路"倡议的深入实施和中俄经贸合作的进一步加强，绥芬河经济大发展的时期指日可待。此次游览绥芬河唯一的遗憾：国门景区内的中俄边境线、两代界碑、三代国门、国门八景、惊悚独木桥、百年嘎丽娅面包房、金水池、中苏谈判房、百米风车长廊等诠释"大国地标，城市名片"的风貌，尽管近在咫尺，却只能可望而不可即擦肩而过了。

唉……

2022 年 10 月 3 日晚写于虎林四季精品酒店

艰涩的一天

朝鲜族村庄

　　10月3日对于此次东北之行是难忘的一天。《午后绥芬河》停笔已近晚上11点了，比平时略晚一些，上床后却辗转反侧难以平静。回顾一天来的行程，个中的种种巧合，是命运的故意捉弄，还是苍天的有意安排？

　　从珲春到虎林大概只有三百四五十公里，我们却走了近13个小时。2日晚上珲春下了一夜的雨，第二天清晨雨量已经很小。我们是在蒙蒙细雨中启程的，继续沿着331国道北上。331国道也不都是一马平川的大道，其中有许多路段穿镇过村。沿途经过了马川子乡、哈达门乡、春化镇等，这些村镇是满族和朝鲜族的聚居区。其中有几个路段既没有显赫建筑，也不是优美景点，却出现了车辆拥堵的现象，车到近处才知道是婆亲请客的：红灯笼、红鞭炮、红衣服、红装饰等一片红彤彤的喜气洋洋，宽大的庭院

雨雾中行车

摆了四五十桌酒席。"今天是个好日子",途经村落时,至少遇见三四个这样喜庆村庄的场景。朝鲜族的房屋建造整齐划一,白白的围墙、蓝蓝的房顶,为庆祝国庆,每户门前都悬挂着国旗,车子从中穿行,满眼就是一道鲜红雪白相融的风景线。

延边朝鲜自治州的地名很有意思,以"沟"和"子"命名的村庄居多,如西北沟、管道沟、塔子沟、上四道沟,烟筒砬子、柳树河子、杨树林子等等,其中头道沟、三道沟以后,还有四道沟、五道沟以至于可以排到三四十道沟。我们过了三道沟隧道之后进入了山区,开始还好,只是下着小雨,随后大量云雾渐渐上来,能见度越来越低,从五十米、三十米到后来的十几米,坡陡弯道多,只能打开双闪慢慢向前拱。这种谨慎缓慢的驾驶过程持续了一个多小时。

车子行驶到珲春春化镇和黑龙江牡丹江东宁地段时,进入一片面积很大的森林,这里也是著名的东北虎豹国家公园。林区内的各种树木枝繁叶茂、郁郁葱葱,空气中弥漫着沁人心脾的潮润,令人神清气爽。自然之美、生态之美、原始之美尽在眼中。开始还是很兴奋的,因为此时的情景只在《林海雪原》影片中见过,想必附近就是杨子荣"打虎上山"的地方,当年解放军在牡丹江深山老林剿匪故事的区域与此吻合。哈哈,现代京剧"迎来春色换人间"二黄导板转西皮快板的唱腔顷刻间在脑海中回旋:"穿林海,跨雪原,气冲霄汉……"不过,理想太丰满,现实太骨感。乍到林区的喜

东北虎豹国家公园

悦，随着穿梭行驶林区时间的延长很快就转换成了一种胆怯：路上每间隔200米，就有一块"虎豹出没，严禁上山"的警示牌。如果在此路段实在憋不住，下车方便（331国道卫生间因疫情全部关闭）是很危险的，一旦与窜出的虎豹邂逅，哪怕是只小犊子，也是会要半条命的！

下午，进入穆棱境内不久，雨越下越大，路况更差、行驶缓慢。车子进入鸡西梨树区核酸检测站时，又被堵在了路上。我们打伞徒步做完核酸，然后回到车上等候通行。谁知一等竟等了一个半小时。原来核酸检测后应该是通畅的，但大货车检查的烦琐造成了大面积堵车。看着天色渐晚，我们决定提前到密山住宿并网约了酒店，以规避夜间行车。在穿越鸡西市区的时候，正赶上晚上下班时间，汽车和各种非机动车辆及行人混行，我们遇到了道路的第二次拥堵。这时天空飘起了雪花儿，与蒙蒙细雨混杂在一起，视线更差了。当行驶到中心大街立交桥时，拥堵状况才得到明显的缓解。可能是黑龙江东部经度高的原因，5点半我们转入建鸡高速的时候，夜幕已经完全降临。当我们高高兴兴到达密山下高速时，却被严词拒绝了：刚刚接到疫情防控办通知，外省到密山来的一律隔离3天。他们的解释是，密山作为对俄罗斯的开放口岸，要求更为严格；虎林口岸一直关闭，应该没有执行这个规定。此时，我们已深入北大荒腹地，回鸡西不到80公里，奔虎林还有近200公里，进退维谷间，"学仙欲不死，学佛欲再生"的豪

鸡西中心大街过街天桥

迈油然而生。奔虎林？对，就奔虎林！

　　不知是意志磨砺，还是耐心考验，在风雪交加茫茫黑暗的北大荒，我们又一路狂奔了两个小时。到达虎林八五零高速路口的时候，气温已降至0°，顶着凛冽寒风准备做核酸检测时，医护人员说"请等候，我们正在交接班。""屋漏偏逢连夜雨，船迟又遇打头风。"人点儿背了，"喝凉水都塞牙"，我们简直就是"硌掉了下巴"！

　　昨晚睡不着，既回味了一天的艰涩，又进行了一番自我宽慰："不经风雨，怎见彩虹？""鲜花和掌声的背后，一定是克服困难的勇气和毅力！"此次出行，对欣赏美景的欢乐和期望多；对意想不到的困难，的确缺乏足够的思想准备。睡梦是在释怀后度过的。

　　早上下意识想了想：昨晚睡得还好……

　　　　　　　2022 年 10 月 4 日上午写于鸡西虎林四季精品酒店

途经长白山

万达长白山国际度假区大门

　　长白山是我国东北东部的名山，鸭绿江、松花江和图们江的发源地，整个山脉纵贯辽宁、吉林、黑龙江三省东部山地以及俄罗斯远东和朝鲜北部余脉，也是中朝、中俄的界山。长白山景色以天池、瀑布、雪雕为最，以林海及各种栖息动物为主的国家自然保护区随季节变化会呈现出不同的景致。

　　观赏长白山景色，我向往已久。从集安到达抚松长白山西侧旅游景区丽祥假日酒店的时候，已是10月1日下午4点。酒店负责旅游的同志告诉我们，进入长白山景区的大巴已经下班。同时，她还介绍从西坡上山坡陡，还要徒步行走一段，北坡相对平缓、景色更好，到长白山观光至少要两天。"一山有四季，十里不同天"，主要景点都看需要三四天的时间。由于离晚饭还有一段时间，我们便驱车前往距此不远的长白山万达度假区游

天池大道美食街

览。这是万达集团投巨资打造的一个中国高端山地度假体验地，是全国投资规模最大的单个旅游项目。北区规划为旅游新城，建设抚松县行政中心，包括会议、文化、购物、学校、医院、住宅区域等生活设施。南区为国际旅游度假区，由高档度假酒店群、国际会议中心、大型滑雪场、小球运动场、森林别墅、国际狩猎场、漂流等项目组成。进入度假区域时，看到的是道路两旁整修有序的树林、草坪，感到一种有气势的寂静。当来到度假中心区域时，游人和车辆已经有些拥堵了。现在正在运营的有六星级柏悦度假酒店、五星级凯悦会议酒店、喜来登酒店、威斯汀度假酒店、万达假日酒店，四星级的悦华假日酒店和三星级的快捷酒店。从酒店和道路停车的阵势看，来这里度假、就餐、娱乐、洗温泉和爬山的人还是爆棚的。

车子沿度假区柏油路来到一大片空旷的区域，这里应该就是国家为保护环境叫停的36洞高尔夫和森林别墅项目。从现场看，环保整改还是到位的，别墅建造的地基已经分辨不清，整个区域被青草覆盖着，个别还能辨认的墙垛、墙基也长出了一层厚厚的青苔。不远处几栋公寓还在，应该是作为酒店经营配套得以保留的。万达一期开工建设了亚洲最大的滑雪场，有50条雪道，能满足举办冬奥会级别国际赛事以及中、初级滑雪爱好者的需求。看来，度假区的滑雪和温泉项目，国家还是给予了照顾。

晚上就餐是从大众点评中搜索到离住地不远、天池大道美食街上的"薛记铁锅炖农家菜"，点评平台不仅给予这家店五颗红星的褒奖，还名列当地点评榜第二名。铁锅炖的餐桌就是一个灶台，主料为小笨鸡、冷水鱼，鸡和鱼的多少由店家根据就餐人数推荐，在主料炖到一定程度的时候，加上山野菜，发面饼子贴在锅沿，饭菜一同出锅。生活如此美满，得益于国家的兴旺富强，斟上一杯小酒，权作对正值祖国73周岁生日的深深祝福！

2日清晨，做过核酸后上山的人员开始往大巴车集中了，我们一行四人中有三人上山意愿不强。大家表示可在山下休息，等我上山。我寻思着，长白山没有三四天是看不全的，况且天池、瀑布与新疆天池和其他景区的瀑布大同小异，雪雕也不是季节，不能影响整个行程，还是随大家一起行动吧。其实，长白山脉的美丽，山上有山上的景色，山下有山下的精彩。当车子行进到安图县二道白河镇南端的东北亚植物园时，我们被眼前的景致吸引了。这个植物园1986年被国务院批准为国家级森林与野生动物类型自然保护区，2003年被国际人与生物圈、人与地理圈、山地研究发起组织等十个国际组织确定为全球环境监测点，是世界著名的自然保留地和具有国际意义的A级自然保护区。保护区总面积196618公顷，森林覆盖率高达94.2%。区内动植物资源丰富，目前已知有野生动物1586种，野生植物2639种。区内自然风光奇特，其独特的垂直分布和东北亚唯一的高山冻原植被浓缩了从温带到极地几千公里的生物景观，是世界上森林生态系统最完整，北半球同纬度带原始状态保存最好、物种最丰富的地区，具有典型性、代表性和生物多样性等显著特征，被誉为国际著名的天然博

长白山东北亚植物园

物馆和物种基因库。

　　车子向长白山西麓景区腹地逐渐深入的途中，"美景在路上"的感觉越来越好：越过森林还是森林，只是相伴片片白云起伏的山峦，时而消失在密林中，时而又出现在树梢上；在浅黄色林木后移的地方，淡红色的树木又渐渐来到眼前，过了一片褐色和黯红，又迎来一条橘黄与深绿相间的彩带……一路穿行，彩叶曲径，层林尽染，正遇夕阳残照，漫山秋色闪耀着临近傍晚的辉煌，眼前的景象仿佛被镀上了一层金边，五彩筒般的场景美不胜收。正可谓："百里山行迷碧草，息心对山觉山好。黄茅白草人间瘴，密菁深林海外天。"

　　车子行进到一个人口密集居住区域时，我们有些疑惑了：这里应该不是个乡镇，一般乡镇达不到这个规模；但也不像县城，县城整体规模和绿化水平要好于此地。犯疑中，一块醒目的"白河林业局"招牌映入眼帘。哦，原来这里是白河林场场部所在地。这是一个秩序井然的办公生活区域，样式相同的房屋整齐划一，略显陈旧的街道依然保留着繁华闹市的痕迹；从人们有条不紊忙碌的情形，看出规范化管理和国有单位的雄风不亚当年。在环绕白河林场和穿梭长白山北坡林区约两个钟头的路途中，一路兴致勃勃，偶尔迎面会有驶来的车辆，就像平静的水面泛起一丝涟漪。在此等意境中驾驶，的确是一种享受，因为不仅目睹了长白山森林深处的广袤与分布，也领略了其神奇独特的自然景观。

　　　　　　　　　　　　　　　2022 年 10 月 4 日晚写于虎林四季精品酒店

北大荒三日有感

　　北大荒，其实就是新中国成立后黑龙江东北部三江平原、沿河平原及嫩江流域广大荒芜地区的泛称。北大荒以20世纪50~70年代大规模开垦而享誉全国，一度约定俗成地成为黑龙江垦区的代名词。现如今的北大荒已经变成了"北大仓"，是我国重要的粮食生产基地。

　　当我们冒着雨雪驶入北大荒腹地虎林、从建鸡高速八五零出口下高速的时候，已是晚上八点多钟。看到市区灯火通明的景象，还是挺兴奋的，不由对北大荒人产生了深深敬意。用过晚餐到宾馆入住时，前台服务员的告知，使我们感到左右为难：原因是她们也是刚刚接到市疫情防控办的通知，外省游客只要入住就要执行"三天两检"的规定，言外之意就是短暂隔离。在茫茫的北大荒，前不着村后不着店，往前不能去200公里外的建三江（属于佳木斯市的中风险区域），折返也是200多公里的鸡西，一路鞍马劳顿，此时的确有些勉为其难了。无奈，只能面对现实，被动接受

虎林市区夜景

珍宝岛

难得的休闲时光。

　　"三天两检"很快过去了，解除隔离后我们随即游览了虎林市容。虎林是隶属鸡西市的一个县级市，也是五八零农场的场部所在地。虎林古为肃慎地，是赫哲族世居地。现在的虎林仍然地广人稀，由于以乌苏里江与俄罗斯为界，现已发展成为一个以农业、食品、边贸、旅游为主的新兴口岸城市。游览珍宝岛、兴凯湖是在虎林辖区北南两端往返300多公里路途中匆忙完成的。由于疫情管控，珍宝岛、兴凯湖旅游服务停业，只好隔岸观景。珍宝岛，满语"古斯库瓦郎"，意为"军队营盘"，是乌苏里江主航道靠近我方的岛屿，1860年清朝和沙俄签署的中俄《北京条约》以乌苏里江为界。由于珍宝岛位于界河之上，100多年来中俄（苏联）都称对该岛拥有主权。1969年的珍宝岛之战是中苏一系列武装冲突的一次战斗。

兴凯湖

望着平淡无奇的这片水中绿洲，不禁回想起在第九次党的代表大会上，毛主席亲自接见"珍宝岛英雄"孙玉国的情景。此后，随着两国关系的逐步稳定和改善，以及两国边界的再次勘察认定，得以形成眼前的状况。兴凯湖风景确实别致，不乏烟波浩渺的广阔，鲜有汹涌连天的气度。据说，兴凯湖是世界上最大的淡水湖，我国占三分之一强。驻足眺望，兴凯湖湿地和旅游度假区，满眼尽是深秋的凋零。

北大荒开发建设纪念馆位于兴凯湖畔，园子中央是江泽民同志亲笔题词的"王震将军率师开发北大荒纪念碑"，两幅青石巨浮雕刻矗立侧后，左侧是王震将军率转业官兵开垦北大荒的场景，右侧知青支边喜获丰收的景象。两个浮雕后面是一副对联："完达山下英雄建国立家园""密虎宝饶一里沃野变良田"。据说对联是王震将军亲笔题写的。在周围空场上还有两个精心用青铜浇筑的作品："大荒初拓"，主要有锹、镐、扁担、筐和犁，展示当时的生产用具；"艰辛岁月"，主要有军服、军壶、军号、茶缸和铁锅，展示当时的生活用品。

该纪念馆详细记述了20世纪50~70年代国家组织复员转业军人、农民、知识青年在北大荒进行大规模垦殖历史的概况：1956年王震将军率领铁道兵七个师和1958年从各军种兵种转业来的10万官兵；1959年来自山东的6万支边青年；1966年来自沈阳军区的万名复转官兵；1968年

北大荒开发建设纪念馆

组建黑龙江生产建设兵团的3000现役军人和从全国各地来北大荒的80万城市知青；还有数以万计的科技人员、各地高等院校毕业生以及改革开放后来到北大荒的建设者。展览中有两个具体情节，感触至深，不禁潸然泪下：一个是正当大灾之年的1960年，看守粮库保管员饿昏在晾晒的稻谷旁；另一个是两组十八九岁的女知情合影，"革命友谊革命心，奔走天涯离已亲。龙江岸上立宏志，奋斗一生树常青"。她们用一首七绝诗表达了奉献青春的动人誓言。这两个生动事例是成千上万忠于职守、献身边疆祖国优秀儿女的典型代表。正是有这样几代人的不懈努力，在这片神奇的土地上，他们披荆斩棘、勇往直前，克服了常人难以想象的困难，在30多年开垦事业中为国家作出了突出贡献，创造了"艰苦奋斗、勇于开拓、顾全大局、无私奉献"的伟大而感人至深的北大荒精神。北大荒人在创造丰硕物质文明成果、把北大荒打造成北大仓的同时，更用他们的青春和生命、忠诚与坚韧为国人留下了名传千古的创业精髓。人们赞美拓荒者，歌颂拓荒者，更颂扬在艰苦跋涉中取得辉煌业绩形成的北大荒精神。

　　悠闲和匆忙，前松后紧是此次逗留北大荒三日的显著特征。尽管时间不长，但感触颇多：首先，疫情防控坚持人民至上，国家统一协调工作的力度和成效当数国际一流。我们此次东北沿中朝、中俄边境行，每天都以国家疫情防控信息为准，有效规避了风险区域。但从沿途所到之处看到的，都严格做到政策、制度、责任、人员、落实"五到位"。无论是内地还是边境，无论是城市还是乡村，省与省之间，市县与市县之间，大数据共享，核酸检测"落地检""应检尽检"无缝衔接，简捷高效，生动诠释了国家新时代上下一致、众志成城所形成的抵御疫情的强大合力。其次，国家融入世界是胸怀、是格局，闭关锁国贻害无穷。沿江游总是要勾起对国界划分的回顾，其中既有沙俄掠夺我符拉迪沃斯托克等150万平方公里国土的历史，也有300多年前李氏朝鲜当局蚕食我长白山、鸭绿江以东地区的事实。当时清政府积贫积弱是一个方面，但其为维护封建统治而闭关锁国不允许汉人出关的规定，导致我大好河山无人守护造成了国土丧失的既定事实。

兴凯湖一隅

三是为守卫国家、建设国家而牺牲和做出贡献的烈士、英雄要牢记。祖国悠久发展的历史，就是捍卫国家主权、维护民族尊严、祖祖辈辈长期斗争的历史。鸭绿江边的抗美援朝精神、乌苏里江边的珍宝岛保卫战和北大荒精神，都是我们的宝贵精神财富，值得永远尊重并使之发扬光大。四是坚持"绿水青山就是金山银山"的理念。据悉，国家已就北大荒湿地开发超过80％的现状作出了新的规划和调整，并开展了一定区域的退耕还林还草工作，以为国家可持续发展打好基础，为后人留下更美丽、更纯洁的蓝天和绿洲。

在驶离北大荒途中，我还在寻思着：当年立志扎根北大荒的几位大姐，也应该有70多岁了，她们是值得敬重的一代。如今她们应该当了儿孙绕膝的奶奶，不管此时还在不在北大荒，毕竟她们把青春和美丽留在了那里。遥祝她们健康长寿，幸福快乐！

2022 年 10 月 5 日晚上写于沈阳雅顿朗逸酒店

重游沈阳

沈阳，古称盛京、奉天，是国家历史文化名城，有"一朝发祥地，两代帝王都"之称；是抗日战争起始地、解放战争转折地、新中国国歌素材地、抗美援朝出征地、民族工业发祥地、雷锋精神发祥地，辽宁省省会；也是东北地区中心城市、重要的工业基地和先进装备制造业基地，享有共和国装备部之称和东方鲁尔的美誉。

此次沈阳之行，其实是路过住宿，从国家疫情防控信息通报中得知，辽宁没有风险区域，管控工作更细致、更安全。记得上次到沈阳是十年前的2012年，从北戴河中纪委培训中心学习结束之后，专程到"九·一八"历史博物馆和沈阳志愿军烈士陵园参观。择日不如撞日，撞日不如今日。既到此地，几个著名景点还是要参观游览的。

"九·一八"历史博物馆是在原残历碑和地下展厅的基础上扩建的，地处柳条湖立交桥西北，西靠京哈铁路，是迄今唯一全面反映"九·一八"事变史的博物馆。"九·一八"历史博物馆馆名是江泽民同志题写的，广场上矗立着一个打开的巨大日历，右面是1931·9月小·18·星期五的日历时间，左面日记："夜十时许，日军自爆南满铁路柳条湖路段，反诬中国军队所为，遂攻

"九·一八"历史博物馆广场

东北抗联英雄事迹

占北大营，我东北军将士在不抵抗命令下，忍痛撤退，国难降临，人民奋起抗争。"整个参观过程心情始终充满着压抑与愤怒。博物馆共分 7 个部分，主要介绍事变发生的历史背景、事变爆发与东北沦陷、日军血腥统治、东北军民抗日斗争以及全国抗战、东北光复与日本侵略者投降等历史全貌。其实，日本垂涎中国野心由来已久，早在甲午中日战争前《田中奏折》就明言："欲征服中国，必先征服满蒙。欲征服世界，必先征服中国。"甲午海战日本在吞并朝鲜后就有夺取我辽东半岛的企图，当时俄国联合英法施压，日本勉强收敛。1904 年日俄战争中俄国战败，日本就夺取了辽东半岛。事变实际是日本侵略中国第三阶段的开始。中国国民政府的不抵抗政策、使 30 万主力撤入关内，成为被国际社会与法国贝当政府投降德国法西斯相提并论的两个天大笑话。与之相反，杨靖宇、赵尚志、周保中、李兆麟、赵一曼、"八女投江"等百折不挠、前赴后继大无畏革命斗争的英雄和事迹，国民革命军 29 军军长宋哲元"宁为战死鬼，不作亡国奴"的全国通电电文，谱写了我气壮山河的千古史诗。日本侵略者无恶不作的残酷暴行，罄竹难书；出卖国家利益的汉奸、叛徒、卖国贼令人愤慨和鄙视。

清沈阳故宫

清沈阳故宫位于老城区东北，始建于 1625 年（明天启五年，后金天命十年），是满清入关前使用的皇家宫苑，就建筑风格而言，与北京故宫样式相似；就占地规模而言，不足北京故宫的十分之一。从清沈阳故宫的中间大清门进入，以中轴线为准由南向北分别是崇政殿、凤凰楼、清宁宫，是举行大型活动和后宫集体欢乐的场所；西路建筑主要是皇帝处理政务、批阅奏章和军情事务的地方，也是后妃的行宫；东路建筑有大政殿和十王亭，是清太祖努尔哈赤营建最早的宫殿。大政殿内设有宝座、屏风及熏炉、鹤式烛台等，是清宗皇太极举行重大典礼及重要政务的场所。据导游介绍：1644 年（顺治元年）皇帝就是在此登基继位的；大政殿南边左右两侧各排列五座方亭，俗称"十王亭"或"八旗亭"。所谓"八旗"，最初是满洲（女真）人的狩猎组织，后来演变为清代旗人的社会军事组织形式，也是清朝的根本制度。在清朝自后金起家，到入关统一治国 268 年中，却出现了中国历史上少有的康雍乾盛世 150 年，作为少数民族将国家治理到这个程度也是难能可贵的。"春花秋月何时了？往事知多少……雕栏玉砌应犹在，只是朱颜改。"五代·李煜《虞美人·春花秋月何时了》的词意，似乎很适合此地场景。

清道光以后，清沈阳故宫饱受涂炭，"19 世纪中后期，英法联军对圆明园的劫掠和焚毁、八国联军对皇室财宝的抢劫与破坏，成为中华文化史上令人痛心的一页"。辛亥北洋主政后，遂将库藏之宝运往京师大内；此后，东北有识之士顺应文化潮流，推动奉天省议会在故宫内设立东三省博物馆；1945年光复后成立国立沈阳博物院；新中国成立后陆续收回部分馆藏，曾经称过沈阳故宫陈列所、清代艺术博物馆等，1986年正式称为沈阳故宫博物院。

从清沈阳故宫出来南行不远，有一栋大型青砖墙体的欧式建筑，即是东三省的总督府。据说这座建筑始建于清朝初年，清军入关后曾为当时最高军政机关盛京将军府所在地，张学良改名为"东三省总督府"。此名也确切，东三省总督徐世昌、巴岳特·锡良、赵尔巽以及此后的张锡銮、段芝贵、任盛武、奉天督军张作霖、东三省保安司令张学良都在此办理过公务。由此向南再走几条马路，就是有"东北王"府之称的张作霖、张学良父子的官邸和私宅大帅府。

这个占地面积很大的张氏帅府，也分东院、中院、西院，与清沈阳故宫的建造格局完全一样，据说就是按照故宫布局模式建造的。唯一不同的是中间一排建筑是最矮，也是建造最早形成的。由于西院红砖楼群没有开放，我们只参观了中院和东院。据导游介绍：张作霖修建这座三进四合套院和西院北部的两组四合院，吸收奉天城清朝各王府建筑特点和辽南老家

大青楼外景

大帅府门匾

的生活习俗。张作霖全家搬进四合院时，他已升任奉天督军兼奉天省长，于是这套三进四合院就成了张作霖官邸和眷属的私宅。从四合院通过一个假山通道，我们来到了大青楼。大青楼是张氏帅府的标志性建筑。据说这是民国时期奉天城除沈阳故宫凤凰楼以外的最高点。大青楼正门外的假山为张作霖亲自指挥建造，具有防御作用。从假山的大小和坚固程度看，倘若发生持普通长、短枪械的班排规模枪战，僵持半个时辰不是问题。大青楼堪称民国时期东北建筑的经典之作，整栋楼房规模宏大，外部立体浮雕和内部装饰价值很高，所有家具和办公生活用品"清一色"都是西洋进口货。三楼没有开放。二楼开辟了一块反映张学良晚年在美国生活照的区域，有力图全面介绍其一生的用意。老虎厅在一楼东头，物件还是按照原来样式摆放的。大青楼融办公与居住为一体，是张氏父子两代主政东北时期的重要场所。两次直奉大战、东北易帜、处决杨常、武装调停中原大战等重大历史事件的相关问题都是在这里商议的。

从大青楼穿过假山的通道，左侧即是小青楼。这是一座中西合璧式的二层砖木结构小楼，据介绍，是张作霖为他最宠爱的五夫人寿氏专门修建的。小青楼的木雕、砖雕装饰精美，内部整体结构的豪华程度，一点不逊色于大青楼。小青楼的名气主要在于：1928 年 6 月 4 日，张作霖在日军

张学良将军立像

蓄意密谋下的皇姑屯事件中被炸成重伤，奄奄一息的张作霖被下属救回奉天时，没有住大青楼，而是住进了小青楼，不久因伤势过重离世。为了等待身在北京的张学良回奉天主事，大智若愚的寿夫人密不发丧。张学良回来后，已经亡故十几天的张作霖死讯才对外公布。

出张氏帅府大院东门，上边悬挂着"大帅府"三个书法考究的大字，旁边就是赵一荻故居，俗称"赵四小姐楼"。这也是一座二层中西合璧式的建筑，据说起居室、书房、客厅、舞厅、餐厅等一应俱全，装饰同样精致，由于暂停开放，我们只好大致观赏了楼体外貌。在张氏帅府南门外的广场上，矗立张学良将军身穿戎装的全身青铜雕像。

纵观张氏父子主政奉系兴于军阀割据的乱世，败于倭寇入侵的国难，前后不过十几年，只是历史长河的瞬间。但说张学良一生传奇毫不为过，因为他既经历了常人所经历的喜怒哀乐、酸甜苦辣，也享受了常人不曾享受的纨绔沉沦、高光和囹圄。张作霖叱咤风云时，张学良沉沦丧志；其父亡故后，张学良露峥嵘控全局；维护民族团结，促国家成大统，果断改旗易帜；执行蒋介石反动的不抵抗政策，导致东北国土沦丧，遭骂名无数；在民族大义面前，又能幡然醒悟，与杨虎城将军一起发动"西安事变"，接受中国共产党主张，为促进抗日民族统一战线的形成，做出了历史性贡献。尽管后来身陷囹圄，却化险为夷，善其终生，不能不说张少帅胆识过人，聪明睿智。记得曾经看过一段张学良生前在美国接受大陆记者专访的视频，当记者问他怎样看待中国共产党和西安事变时，张将军回答大意是：长征经过无人区，是拖不烂打不垮的，这样的红军部队，若让我带，我带不了；让我打，我也打不过。中国人是不能打中国人的，撤出东北是我一生最后悔的事。尤其是其耄耋之年谈及个人行事风格时，"我是个莽撞的军人，要干就干，从来没有考虑些什么！""有许多事情，我为什么反抗，我就看事情不合理，我对自己的权力、生命都不在乎。"这也从一个侧面反映了他超然看世间的气度和心境。

在回宾馆的路上，我想，著名景点是各个历史时期留下的宝贵遗产，"顺昌逆亡"的历史更迭又有其偶然和必然的规律，活跃在不同时期著名人物发挥的重要作用，需要给予客观公正的评价。张学良将军所表现出来的具有民族大义的格局、处世果敢的担当、自知之明的境界、知错就改的勇气，值得肯定和赞扬。其以国家民族为重的家国情怀足以彪炳史册，为后人所称颂。

2022 年 10 月 6 日晚上写于沈阳雅顿朗逸酒店

泉城看泉

漱玉泉

"才华横溢泉三股，字吐珠玑水一泓。多少诗人生历下，泉城自古是诗城。"文坛名宿徐北文先生《济南竹枝词》的第七首诗，不仅颂扬了趵突泉喷涌的自然景观，也赞誉了济南城厚重的文化底蕴。据报道，因为保泉节水工作成效显著和风调雨顺导致地下水提升的作用，今年趵突泉水位最高达到 30.27 米（喷涌低限 26.49 米），创造了 57 年来的新纪录。秋季赏泉，一时间成为济南人的新时尚。为此，我也游览了许久未来的趵突泉、五龙潭、黑虎泉。

从趵突泉东门入园时，只见园子里花枝招展，绿化装点的格外漂亮，人头攒动、熙熙攘攘。经询问得知：以"菊韵泉城，泉甲天下"为主题的第 43 届金秋菊展昨天刚刚开幕。本届菊展汇集了 600 多个菊花品种，10 万余盆供游客品鉴。漱玉泉周围亦有鲜花点缀，泉水清澈见底，水顺石溢，潺潺湲湲，"水石相激，犹如漱玉。"漱玉泉就在李清照故居前面，相传"千

趵突泉

古第一才女"、宋代词人李清照每早在此泉边洗漱，居住期间的词作，前期多写悠闲生活，后期多叙悲叹情调。"为君欲去更凭栏，人意不如山色好。"看来，清新柔美的泉水，也未必能改善人的心境。在这个名泉集中的区域，还有金线泉、柳絮泉、卧牛泉、皇华泉、洗钵泉等，水珠袅袅，晶莹剔透，赏心悦目。

趵突泉边热闹非凡，来到跟前眼睛为之一亮：三股泉水涌动的幅度之大、水花翻腾的美妙是多年不见的，观澜亭、泺源堂装饰一新，南边白色廊亭、东边来鹤桥游人很多，大家面对美景争先恐后选取最佳位置，定格美好瞬间。"三尺不消平地雪 四时常吼半天雷"这幅悬挂在观澜亭立柱上的楹联，把汹涌喷薄的趵突泉水描述得惟妙惟肖。悬挂在泺源堂门前的楹联"云雾蒸润华不注，波涛声震大明湖"为元代奇人赵孟頫所作，生动描述了趵突泉泉上雾霭氤氲，奔泉涌入大明湖波涛声至九霄的壮观景象。当今游客在欣赏这副楹联时，可能会认为有些"夸张"；其实不然，记得20世纪60年代，我们小伙伴们每次从商埠到趵突泉游玩走近共青团路时，

就能听到趵突泉的水流发出的阵阵轰鸣声。由此推估，元代赵孟
頫在大明湖听到的泉水声音应该更加清晰，其"波涛声震大明湖"
的诗句，既是作者的切实感受，也是当年场景的真实写照。赞美
趵突泉名诗中，除有赵孟頫"泺水发源天下无，平地涌出白玉壶"，
还有宋代曾巩的"一派遥从玉水分，暗来都洒历山尘。滋荣冬茹
湿常早，润泽春茶味更真"，明代汪广详的"济南泉有七十二，
趵突泉当第一流。山谷幽深开虎穴，水心明白现鳌头"，清代玄
烨的"十亩风潭曲，亭间驻羽旄。鸣涛飘素练，进水溅珠玑"等
一批脍炙人口的咏泉诗句。泺源堂北面院内的双御碑，碑阳面的
"激湍"二字为 1684 年康熙三游趵突泉时所题，碑阴则为乾隆
于 1748 年题诗的《再题趵突泉作》，一块石碑留存祖孙两代皇
帝的御笔，实属罕见。据说，康熙在题写"激湍"时，故意将激
的中间部分写成"身"字，一是表示自己醉心于趵突泉的壮丽景
观，二是有"如朕亲临"的用意，彰显帝王身份。祖孙二人如此
认同趵突泉，乾隆册封趵突泉为"天下第一泉"就不足为奇了。

　　出趵突泉北门过马路即是五龙潭。五龙潭历史悠久，相传，
五龙潭名称由元代在潭边建庙内塑五方龙神改称而来。五龙潭公
园是 1985 年将周围民房拆迁统一规划修建的，园内散布着形态
各异的名泉 26 处。其中比较著名的有五龙潭（灰湾泉）、濂泉，
裕宏泉、月牙泉、青泉、官家池、七十三泉、潭西泉、虬溪泉、

双御碑

七十三泉

东蜜脂泉、聪耳泉等。主要建筑有名士阁、濂轩、贤清水榭、秦琼祠、武中奇书法篆刻作品展览馆等。院东的二层小楼即为中共山东省领导机关早期（1925—1927）旧址（原东流水街1号）。内院西边还有回马泉、静水泉、洗心泉。1991年我曾在此工作近半年时间，为庆祝建党70周年筹备举办山东党史展览。空闲时，常到公园里散散步，有时坐在廊亭边观观景、赏赏鱼。时隔三十多年，泉水中游动的鱼儿和原来一样悠闲，然而观赏的人却更入神，遐想更丰富了；院内的各种植物都粗壮高大了，郁郁葱葱，水质更清洁，景色更美丽。

"近水楼台""龙潭观鱼"还是原先的样子，潭内锦鱼众多，是五龙潭公园的著名景观。对泉城公认的名泉七十有二，这是对有名有姓泉水在册编排命名的。据说济南无名泉眼众多，据不完全统计就达700多处。在五龙潭西南一隅的七十三泉，的确有些名不见经传，水域空间狭小是一方面，而且留名的字体也很渺小，可能是谦虚低调的缘故。但无论在不在册，名字起得就叫"七十三泉"。清代·郝植恭《五龙潭七十三泉》诗为其做了正名："潭西精舍听泉声，七十三泉新得名。润物始知流泽远，出门无

月牙泉飞瀑

失在山青。"距此不远的官家池（上升泉），相传本处古时为一官宦人家居住，此处泉水水质甘美，取池水生出的豆芽质优味美，本地居民多到此取水，官家池也因此得名。青泉（琼泉），在名士阁西侧、武中奇书法篆刻作品展览馆正南，石砌长方池，四角植柳，是个寂静休闲的好地方。濂泉在五龙潭公园西北隅，池中立一小亭，名叫"寒玉亭"。亭接水廊，廊接"濂轩"。"明月松间照，清泉石上流"的诗意美景，在此得以重现：位于五龙潭公园官家池西的聪耳泉处，丰水季节，清冽的泉水自池底涌出，淙淙流泻到泉畔的青石板上，顺阶而下，漫流入附近的濂泉，构成"清泉流石"的真实景象。如今"濂轩"周边的镇水兽、石蟹、青蛙等园林石雕小品，为景点增添了几分情趣，是人们夏日戏水的"乐园"。从濂泉向东过花溪，是一片巨大的水杉树林和翠绿醒目的草坪，此等景致在一般城市是不多见的。由此向南即是五龙潭的经典景观——"月牙飞瀑"。月牙泉位于五龙潭公园东南隅，此处也是自己孩提时代夏季迷恋嬉水的地方。泉水由泉池中央矗立的蘑菇云状叠石三面齐涌而出，似飞瀑、像水帘，形成泉中之泉月牙飞瀑的奇观。月牙泉在济南 72 名泉中所处水位最高，每当"月牙飞瀑"展现泉水从石窦上端激出的盛景时，则标志着济南 72 名泉全部喷涌。

黑虎泉

白石泉

从五龙潭向东 1.7 公里便是黑虎泉景区。黑虎泉之名，始见于金代名泉碑。一说泉名来源于岸上原有的"黑虎庙"；也有说是因"湍击岩石，酷似虎啸"而得名。黑虎泉泉群有白石泉、玛瑙泉、九女泉、琵琶泉、南珍珠泉、任泉、豆芽泉、五莲泉、一虎泉（缪家泉）、金虎泉等。"石蟠水府色苍苍，深处浑如黑虎藏；半夜朔风吹石裂，一声清啸月无光。"明代诗人晏壁所作《济南七十二泉·黑虎泉》，生动刻画了此泉声貌。黑虎泉是仅次于趵突泉，居于济南诸泉第二位的泉群。清末时池口兽头仅有一个，1931 年整治泉池时建为三个。黑虎泉的气势来自巨大的泉水从三个石雕虎头中喷涌而出，在水池中激起层层浪花，气势不凡，动人心魄。玛瑙泉位于黑虎泉东侧，东北西三面池岸砌在护城河中，民国《历城县乡土调查录》中有记载。水盛时，玛瑙泉数处泉眼竞涌，水泡在光照下绚丽夺目，状如玛瑙。在黑虎泉斜对面的白石泉，则是护城河中以白石做护栏围起的一处泉眼，曾经有一段广为流传的故事：清乾隆年间，某年春夏之交，天气大旱，布政使主持疏浚河道，并祈甘霖，数日应祷，果然天降大雨，即刻从地中涌出一泉，泉周围所有白石具出没于水面，似朵朵白云，故起名为"白石泉"。如今的白石泉仍是周围居民采集饮用水的主要水源。白石泉西侧即为九女泉，泉池呈不规则椭圆形，由石料假山堆砌而成。泉水从池岸边石缝中溢出，泉流淙淙，清流见底。传说，泉水清澈甘美，引得九仙女于风清月明之夜，来这里浣纱沐浴，既歌又舞，欢快异常，因此称之为"九女泉"。该泉旁的"九女亭"亭亭玉立护城河边，在飘摇翠柳和清澈河水的伴衬下，更加妩媚柔情，婀娜多姿。亭南侧抱柱楹联为"仙女沐泉飞夜韵，金鳞穿水戏池波"；北侧为"天上秋期近，人间月影清"。仿佛告诉正在沐浴的仙女们，秋天已到，往后还是要多欣赏明月靓影。

　　一天游览下来，对三大泉群的分布和特点，虽说不上了然于胸，但已知道个大概：1985 年规划建设的五龙潭公园和 1999 年改扩建之后的趵突泉公园，已经焕发出超乎想象的诱人魅力，成为广大市民不可或缺的休闲活动"扫码"地。三泉群共同点是：泉水清澈，沁人心脾，景色秀美，从各个角度展示了古城风貌的新姿；每一处名泉皆有历史典故和美丽传说。不同点是：趵突泉有北方建筑的大方、南方园林的清秀，多了充满活力的泉水灵气和"天下第一泉"的名气；五龙潭彰显了闹中取静的优雅和优秀文化的传承；黑虎泉依旧展现着老城古朴的神韵和泉水汇集成河的壮美。三处景点闹、静、闲的特色也比较鲜明：趵突泉的"闹"，体现在景色美丽、景点集中，喜欢热闹的人群居多；五龙潭的"静"，体现在环

护城河一角

境绝佳、景色幽雅，水域与林草各占一半，爱好太极、独处观光的游客乐此不疲；黑虎泉的"闲"，体现在地处护城河边，敞开式的开阔区域，两岸观景小桥、通道错落有致，茶社、廊亭风情各异，适合养尊处优、闲情逸致的人们休憩和漫游。就城市气候和景色的宜居程度而言，泉城这些年的变化和提升是显著的，光鲜靓丽市容市貌的背后，是铭刻在泉城人骨子里的固有文化。

2022 年 10 月 26 日写于济南黄金 99 华府

　　《休闲纪事》是退休以来生活随笔和旅行游记的结集。原本没有打算写作，由于退休之后旅行活动逐渐增多，地域越来越广，趣闻轶事接踵而至，所见所闻美好而难忘，倘若任其被遗忘和散落，不作梳理和分享，甚为可惜，遂萌发了撰写游记的想法。此外，平日生活杂谈也多有记载，两者合一方能体现退休生活的相对完整，故定此书名。

　　"言者志之苗，行者文之根。"《休闲纪事》写作遵循的基本原则：一是写实，即以耳濡目染的亲身经历为鲜活素材，力图客观反映现实场景；二是写真，即侧重实际描述所到地域的自然景观、历史文化和风土人情，弘扬中华文明的优良传承；三是写悟，即通过对事物观察赏析引发的思考，进行追溯和归纳。

　　"活到老，学到老"是人生态度，也是写作中的切身感受。每次外出做旅游攻略时，都要查阅目的地经济社会发展简况、地理地貌、气候环境、历史典故、民风民俗、饮食文化以及各景点介绍，事先对所到之处文人墨客的评价以及到达的季节气候、时间节点、游览侧重点等做足功课。凡到初次游览的地方，就会很自然地与在脑海中的印象进行比较，既增添了参观兴趣、求知欲望，也深化了感性知识、人文意象；故地重游时，一般会更多关注城市发展、区域改造和景点美化情况，纵向比对会更加深对重游地的热爱与眷恋；平淡生活中的点滴趣事多做留意记载，则是茶余饭后的谈资，给寂静的往日增添了无数的欢声笑语。名山大川展现着诗画的壮美秀丽，千年古镇镌刻着岁月的历史沧桑，园林楼阁印证着曾经的世态炎凉，小桥人家倾诉着流逝的时代变迁……不出家门，不作比较，不知视野的狭窄、知识的匮乏；没有小住，没作体验，怎知民风的淳厚、生活的多彩！向书本、向实践、向有知者求教如今已成休闲生活的常态。其实，学习本身就是一项运动，是一项促进机体运动的运动。走遍祖国大美河山是我的最大愿望。"学无止境",今后无论走到哪里,就学习到哪里,记录到哪里,笔耕不辍,砥砺前行。

本书收录了 2020 年 4 月至 2022 年 10 月两年半退休生活期间和前往 13 省市旅游时撰写的文章,共 62 篇。在书稿整理过程中,山东省政协原副主席、山东师范大学特聘资深教授王志民先生欣然作序,给予莫大鼓励与鞭策;相关领导、挚友、同学、同事、战友提供了热情支持和帮助;夫人钱均霞协助对书稿进行了校对和订正,在此一并表示衷心感谢!

由于水平所限,书中不免存在谬误疏漏之处,敬请读者不吝赐教。

作者

2024 年 10 月 30 日

图书在版编目（ＣＩＰ）数据

休闲纪事 / 牟文军著. — 青岛 : 中国海洋大学出版社, 2024.11
ISBN 978-7-5670-3839-4

Ⅰ.①休… Ⅱ.①牟… Ⅲ.①随笔—作品集—中国—当代 Ⅳ.①I267.1

中国国家版本馆CIP数据核字(2024)第082573号

书　　名	休闲纪事	
	XIUXIAN JISHI	
出版发行	中国海洋大学出版社	
社　　址	青岛市香港东路23号	邮政编码　266071
出 版 人	刘文菁	
网　　址	http://pub.ouc.edu.cn	
订购电话	0532-82032573（传真）	
责任编辑	孟显丽	电　　话　0532-85901092
电子邮箱	1079285664@qq.com	
照　　排	青岛光合时代传媒有限公司	
印　　制	青岛国彩印刷股份有限公司	
版　　次	2024年11月第1版	
印　　次	2024年11月第1次印刷	
成品尺寸	169 mm × 239 mm	
印　　张	15.75	
印　　数	1～1000	
字　　数	220千	
定　　价	88.00元	

如发现印装质量问题，请致电0532-58700166，由印刷厂负责调换。